BARBARA
FRISCHMUTH

DEIN SCHATTEN
TANZT IN
DER KÜCHE

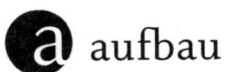 aufbau

BARBARA FRISCHMUTH

DEIN SCHATTEN TANZT IN DER KÜCHE

Erzählungen

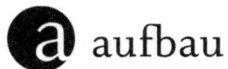 aufbau

MIX
Papier aus verantwor-
tungsvollen Quellen
FSC® C083411

ISBN 978-3-351-03861-8

Aufbau ist eine Marke der
Aufbau Verlage GmbH & Co. KG

2. Auflage 2021
© Aufbau Verlage GmbH & Co. KG, Berlin 2021
Einbandgestaltung zero-media.net, München
Satz Greiner & Reichel, Köln
Druck und Binden CPI books GmbH, Leck, Germany
Printed in Germany

www.aufbau-verlage.de

DEIN SCHATTEN TANZT IN DER KÜCHE

Sie wurde angeschwemmt. Das Schlauchboot, ein älteres Modell, hatte einen Riss bekommen, nachdem eines der kleineren Kinder in einem unbeachteten Moment ein Taschenmesser gefunden und an der Schlauchbootwand versucht hatte, dessen Tauglichkeit zu prüfen.

Land war in Sicht, aber Adnan wollte nicht aus dem Boot, dem langsam, aber spürbar die Luft ausging. Er hatte nie auch nur angedeutet, dass er nicht schwimmen konnte. Das Boot war bereits so gut wie leer, als er Darya erklärte, dass er sich so lange daran festhalten wolle, bis die Küstenwache komme und ihn berge.

Bis die Küstenwache kommt, ist es zu spät, rief sie, dabei brach ihr beinah die Stimme. Dennoch versuchte sie, gelassen zu wirken, und schlug ihm vor, sich mit ihr ins Wasser zu lassen, sich auszustrecken und an ihren Schultern festzuhalten. Er müsse so ruhig wie möglich bleiben und sich so wenig wie möglich bewegen. Sie traue sich zu, ihn auf diese Weise an Land bringen zu können.

Das eher kleine Boot war nicht nur preiswert,

sondern auch schlecht ausgestattet und bei Weitem überfrachtet. Die vorhandenen Schwimmwesten waren vor der Abfahrt auf die paar Kinder und deren des Schwimmens unkundige Mütter verteilt worden. Adnan war voller Scham und Hoffnung gewesen, die Überfahrt ohne Schwimmweste überstehen zu können.

Die Sonne war noch nicht aufgegangen, aber es dämmerte schon. Gut so, denn die Lampen, die für spärliches Licht gesorgt hatten, waren längst über Bord gegangen, als die Ersten das Boot verließen. Rundum versuchten die Mütter, sich an die Schwimmwesten zu gewöhnen, das hieß, mit ihrer Hilfe zu schwimmen, wobei die Kinder sich an ihnen festhielten. So versuchten sie, sich mit Wasserschlägen und ungezielten Beinbewegungen dem Ufer zu nähern. Wobei die schwimmenden Väter ihnen die Tempi vormachten und Mut zusprachen, während sie gleichzeitig husteten und immer wieder Wasser, nämlich das von ihnen aufgewirbelte Wasser, schluckten, das in ihre offenen Münder schäumte.

Erst als das Boot unter Wasser war und sie kaum mehr seinen Boden unter den Füßen verspürten, schien auch Adnan bereit zu sein, sich Daryas Hilfe zu überlassen. Als ihm dann das eiskalte Wasser bis zum Hals reichte und sie ihm noch einmal erklärt hatte, wie er seine Hände auf ihre Schultern legen und sich von ihr ziehen lassen sollte, griff er nach ihr, doch als sein Körper absackte, begann er zu zappeln, und sein Griff wurde zusehends verkrampfter.

Bleib ruhig, beweg dich nicht, schrie sie, schon hatte auch sie den Mund voll und erbrach den Schwall sofort, was auch ihre Achseln zum Zucken brachte, während Adnan an ihr rüttelte und mit den Beinen wie wild nach dem Wasser trat, um wieder nach oben zu kommen. Sie hörte, wie ihr Name, einer Welle gleich, über sie hinwegschwappte. Darya, Darya! Und spürte zur selben Zeit, wie Adnan sie nach unten zog.

Es war eingetreten, was sie sich vor Jahren in einem Wasserrettungskurs zu lernen vorgenommen hatte. Der nächste Schritt wäre gewesen, Adnan mit einem Faustschlag so weit zu betäuben, dass er bewegungslos auf der Wasseroberfläche lag und sie ihn unterm Kinn fassen und auf dem Rücken schwimmend ans Ufer ziehen konnte. Sie hatte die Bilder von jenem Kurs noch vor Augen, jedoch fehlten ihr die Kraft und der Halt, Adnan bewusstlos zu schlagen. Im Gegenteil, seine Umklammerung wurde immer bedrohlicher, auch sie, Darya, war bereits unter Wasser, bekam keine Luft mehr, und anstatt Adnan wie eine Rettungsschwimmerin ins Trockene zu holen, verfiel sie selbst in Panik. Ihr eigener Körper begann, ob sie es wollte oder nicht, um sein Leben zu kämpfen, und das mit derselben Härte, mit der Adnans Körper um das seine kämpfte, ob er es wollte oder nicht.

Sie konnte sich nicht mehr erinnern, wie es ihr möglich gewesen war, sich von Adnan zu trennen. Hatte sie ihn tatsächlich geschlagen, oder hatte er, weil schon länger unter Wasser als sie, so ohne Luft nicht mehr die Kraft gehabt, sie weiter mit sich hinunterzuziehen?

Sie wusste nur, dass sie geschwommen war und das Land in der Sonne glänzte, während sie ihm näher kam.

Als sie wieder bei Bewusstsein war, kniete jemand neben ihr, drückte mit beiden Händen auf ihre Brust, und jedes Mal schoss ein Schwall Meerwasser aus ihrem Mund.

Glück im Unglück! Der wasserdichte Rucksack hatte der Flut standgehalten. Sie hoffte, dass Reisepass und Zertifikate, die ihren Abschluss als Pharmazeutin sowie ihre Qualifikation als Englischlehrerin bestätigten, es ihr nicht nur erleichtern würden, einen Asylantrag zu stellen, sondern auch gute Gründe dafür nennen zu können, und das in bestem Englisch, das sie nicht bloß ihrem Studium, sondern vor allem ihrer Mutter, einer Engländerin, verdankte, die einen Araber und Pharmazeuten geheiratet hatte.

Als der Beamte es genauer wissen wollte, erklärte sie ihm, wie ihr Vater (er gehöre einer nicht muslimischen Minderheit an, derselben wie der Präsident des Landes) von ihr verlangt hatte, den Sohn eines der höchstrangigen Generäle, eines Protegés des Präsidenten, zu heiraten, um ihre Familie zu schützen. Es habe sie sehr getroffen, aber ihr Vater habe den Präsidenten im Familienkreis oft kritisiert, und vielleicht war er nicht vorsichtig genug gewesen und deshalb so unter Druck geraten. Und da ihre Geschwister (ein bereits Eingezogener und ein demnächst Wehrpflichtiger, dazu zwei Mädchen, acht und zehn, also noch im Schulalter) diesen Schutz unbedingt brauchen würden, habe er diese Heirat für unumgänglich gehalten.

Warum sie dem Wunsch ihres Vaters nicht nachkommen habe wollen, fragte der Beamte, der ihre Dokumente offen vor sich liegen hatte.

Weil sie bereits mit einem anderen Mann, den sie sehr geliebt habe, heimlich verlobt gewesen war, der noch dazu einer anderen, dem Präsidenten gegenüber eher feindlich gesinnter Minderheit angehörte, der jedoch bei der Überfahrt ertrunken sei. Es fiel ihr schwer, das zu sagen, ohne dass ihre Stimme sich veränderte.

Der Beamte schaute auf und ihr gerade ins Gesicht, so als würde er sie erst jetzt als Person wahrnehmen.

Es war ihr unangenehm, von ihm so unverhohlen gemustert zu werden, und sie fügte hinzu, dass sie die Flucht deshalb riskiert habe, weil sie wisse, dass Zwangsheiraten in Europa unter Strafe gestellt seien.

Und Ihre Familie?, fragte der Beamte.

Ich fühle mich mehrfach schuldig, sagte sie. Aber sobald der Sohn des Generals von ihrem Geliebten erfahren hätte, und das hätte er bestimmt irgendwann, wäre ihr weiteres Leben zum Skandal geworden, und das konnte und wollte sie ihrer Familie erst recht nicht antun.

Verstehe, sagte der Beamte und überprüfte weiter ihre Papiere.

Glauben Sie mir, sagte sie ungefragt, ich fühle mich tatsächlich mehrfach schuldig, aber es war mir nicht möglich, anders zu handeln.

Darya hatte, nachdem sie am Strand der Insel aufgegriffen worden war, als traumatisiert gegolten und war mit einem Flüchtlingskontingent in ein Auffanglager gebracht worden, von dem sie einige Zeit später in ein Flüchtlingsheim des Landes, in dem sie jetzt lebte, überstellt wurde. Aufgrund ihrer Traumatisierung wurden ihr einige Sitzungen bei einer Therapeutin genehmigt, die tatsächlich hilfreich gewesen waren. War doch die Therapeutin die einzige Person, der sie anvertrauen konnte, was sie mit nichts zu begründen können glaubte, nämlich dass sie nicht ihrer Muttersprache – ihre Mutter habe meist Englisch mit ihr gesprochen –, sondern ihrer Vatersprache verlustig gegangen sei. Und am schlimmsten sei, sagte sie zur Therapeutin, dass sie sich nicht einmal mehr an den Namen ihres Geliebten erinnern könne. Sie habe versucht, sich diese ihre Vatersprache durch Lektüre wieder in Erinnerung zu rufen, indem sie arabische Zeitungen kaufte, was dort, wo sie untergebracht war, gar nicht so einfach gewesen sei, aber es habe nicht funktioniert. Die Buchstaben würden ihr zwar einigermaßen bekannt vorkommen, manchmal verstehe sie auch ungefähr, was gemeint sei, aber sobald sie die Zeitung zur Seite gelegt habe, sei ihr auch das Gelesene wieder entfallen. Wohingegen sie sich die Vokabeln, die sie im Deutschkurs zu lernen habe, sofort merke. Ja sogar das Lehrbuch habe sie bereits zur Gänze in sich aufgenommen, obgleich sie im Kurs über Lektion vier noch nicht hinausgekommen seien.

Die Therapeutin, die zugab, noch nie einen Fall wie diesen gehabt zu haben, riet ihr, sich ihre offensichtliche Sprachbegabung zunutze zu machen und sie als gute Chance für einen positiven Asylbescheid zu sehen.

Aber was mache ich, wenn jemand mich auf Arabisch anspricht oder mich um eine Übersetzung bittet?

Die Therapeutin dachte eine Weile nach. Versuchen Sie, Situationen wie diesen aus dem Weg zu gehen, und warten Sie ab. Sie haben viel Schlimmes erlebt, sehr Schlimmes, das muss erst verarbeitet werden und braucht Zeit.

Aber wie kann man eine Sprache, die man von

Kindheit an gesprochen und geschrieben hat, also die eigene Landessprache, vergessen?, fragte Darya. Ich schäme mich so dafür. Und was, wenn ich auch mein Englisch verliere?

Wenn Ihr Gehirn das für nötig erachtet hätte, hätten Sie es schon verloren.

Die Tränen rannen Darya bis in den Mund hinein, was sie für einen Augenblick an das Schlucken von Meerwasser erinnerte.

Die Therapeutin legte ihr den Arm um die Schultern und schaute auf die Uhr: Es gibt kein Mittel, um den Verlust Ihrer Landessprache auf der Stelle ungeschehen zu machen. Denken Sie nicht daran, konzentrieren Sie sich auf das Neue, auf die neue Sprache. Je weniger Sie sich um die alte kümmern, desto eher kommt sie zurück.

Als sie sich verabschiedeten, bat Darya die Therapeutin, keiner Menschenseele davon zu erzählen und ihr damit die Demütigung zu ersparen, in den Verdacht von Demenz zu geraten.

Sie sehen in Wirklichkeit so viel besser aus als auf Ihrem Passbild. Offensichtlich geht es Ihnen gut bei uns, sagte der Beamte, bevor er ihr den Pass zurückgab. Die Dokumente wolle er sich noch bis zur endgültigen Entscheidungsfindung dabehalten, ihr jedoch eine Bestätigung dafür geben. Sobald über ihr Ansuchen entschieden worden sei, würde er sie persönlich davon in Kenntnis setzen.

Nachdem dieser Antrag zehn Monate später positiv entschieden worden war, arbeitete sie eine Zeit lang als Vertretung in einer Apotheke, doch als ihre Vorgängerin aus der Karenz zurückgekehrt war, bewarb sie sich um eine Anstellung im pädagogischen Sektor. Ihre Deutschkenntnisse waren inzwischen weiter fortgeschritten, hatte sie sich doch, nachdem sie die offiziell vom Staat verordneten und auch finanzierten Deutschkurse mit gutem Ergebnis abgeschlossen hatte, einer von privater Hand gesponserten Konversationsgruppe angeschlossen.

Sie las viel, hatte auch bald die für sie relevanten öffentlichen Bibliotheken gefunden. Dort, wie auch im Konversationszirkel, hatte sie Kontakt zu den Ansässigen gefunden, es jedoch, wie die Therapeutin ihr empfohlen hatte, vermieden, sich mit ehemaligen Landsleuten zu treffen oder auch nur mit ihnen zu sprechen.

Eins gab das andere, und was dem Arbeitsmarktservice innerhalb von zwei Jahren nicht gelungen war, ermöglichten ihr die neuen Gesprächspartner in nicht einmal einem halben. Sie wurde in der Nachmittagsbetreuung einer Privatschule für Sechs- bis Zehnjährige angestellt, zur Aufsicht einerseits, und andererseits sollte sie auf spielerische Weise, ohne Druck, sondern durch Motivierung, die Kinder ins gesprochene Englisch einführen.

Sie schätzte sich glücklich, ein Angebot wie dieses annehmen zu dürfen. Da es noch einige Wochen hin war bis zum Schulanfang, hatte sie Zeit, sich intensiv vorzubereiten.

Ein Mann namens Bernhard, den sie in diesem Konversationszirkel kennengelernt und mit dem sie sich schon einige Male im Café getroffen hatte, lud sie zu sich nach Hause ein, um ihr seine Sammlung von englischen Kinderbüchern – er selbst unterrichtete in einem staatlichen Gymnasium Englisch und Latein – zu zeigen. Vor allem die skurrilen, die es den Kindern leichter machen würden, den Lerndruck der Schule zu vergessen. Sie könne sich gerne einige mit nach Hause nehmen, um die für sie brauchbaren Stellen zu kopieren.

Er hatte ihr bereits erzählt, dass seine Frau vor nicht einmal einem Jahr an einem Sarkom gestorben war, womit er sich noch immer nicht habe abfinden können. Doch die Freundschaft, die er ihr anbiete, käme von Herzen.

Sie fand auf seinen Regalen einige Bücher, die sie aus ihrer Kindheit kannte, aber auch solche, von denen sie nicht einmal gehört hatte. Während sie sich immer mehr in Limericks, kleine Geschichten und Kinderreime vertiefte, hatte Bernhard Tee aufgesetzt, und als sie nicht einmal gehört zu haben schien, dass der Tee fertig sei, ging er zu ihr hin und strich über ihre Wange, zog seine Hand aber sogleich zurück, als sie dabei unwillkürlich zuckte. Sie hatte sich mit glänzenden Augen ihm zugewandt, und er sagte, es freue ihn, dass er ihr wohl das Richtige vorgeschlagen habe. Er hatte sogar Kuchen gekauft, doch als er ihr nach dem Tee ein Glas Wein anbot und sie es zurückwies, entschuldigte er sich und meinte, er habe nicht bedacht, dass sie Muslimin sei.

Nein, erwiderte sie, sie komme zwar aus einem muslimischen Land, aber ihre Familie gehöre einer religiösen Minderheit an, die ihren Mitgliedern nicht verbiete, Wein zu trinken. Sie habe nur schon so lange keinen Wein mehr getrunken, dass sie fürchten müsse, bereits von einem Glas betrunken zu werden.

Bernhard lächelte und verneigte sich leicht, um anzudeuten, dass er ihre Bedenken respektiere.

Als es Zeit war, sich zu verabschieden, bot er ihr an, sie nach Hause zu begleiten oder zumindest bis zur U-Bahn-Station, zu der es etwa acht Minuten wäre. Sie nahm dankend an, und als sie ihm auf dem Bahnsteig die Hand reichte, küsste er sie auf die alte Weise und meinte, er würde sich ungemein freuen, wenn sie ihn wieder besuche.

Sie hatte sich einiges durch den Kopf gehen lassen, bevor sie das erste Mal mit einer Gruppe von Kindern, die gerade mit dem regulären vormittäglichen Englischunterricht – einer Stunde pro Woche – begonnen hatten, allein war. Die Therapeutin, mit der sie noch immer, wenn auch privat, in Kontakt war, empfahl ihr, es lässig anzugehen. Mach es, wie du es dir von deiner Lehrerin in diesem Alter gewünscht hättest.

Als sie die Kinder zum ersten Mal sah, hockten etwa zehn Achtjährige im Kreis auf dem Boden. Einige saßen auf den Kissen, andere hatten diese auf den gekreuzten Beinen liegen und stützten sich mit den Ellbogen darauf. Dort, wo der Kreis sich schloss, lag ein Kissen, das ihr zugedacht war.

Hello, everybody! My name is Darya and yours? Sie hatte erst vor zwei Tagen die Nachmittagsaufsicht angetreten, die für alle Schulstufen galt, und sich noch nicht die Namen aller Kinder gemerkt.

Bereits im Schneidersitz, schaute sie den Kindern der Reihe nach so lange in die Augen, bis sie begriffen, was sie von ihnen erwartete, und ihre Namen sagten. Und als sie sie alle durchhatte, fing sie noch einmal von vorne an, nur dass jetzt sie jedes der Kinder mit seinem Namen ansprach.

Let's make a deal!

Die Kinder redeten inzwischen wieder miteinander, kicherten, waren noch nicht konzentriert.

Sie sprach weiter Englisch, versuchte zu erklären, welche Art von *deal* sie im Sinn hatte, kehrte aber immer wieder zu *Let's make a deal!* zurück. Langsam begannen die Kinder ihr zuzuhören. Einigen konnte man ansehen, dass sie herausfinden wollten, was Darya mit Blicken und kleinen Handbewegungen deutlich zu machen versuchte.

Plötzlich sagte Karin: *What is a deal?*

Darya deutete auf jedes der Kinder, dann auf sich, dann auf ihre Handys, die sie vor sich liegen hatten. Dabei machte sie mit dem Daumen eine entsprechende Bewegung.

Die Gesichter fragten noch immer.

Look at me! Sie wiederholte ihre Gesten und sagte: *Switch off your mobiles!*

Mit einem Mal hatten sie begriffen.

And you?, fragte Erol und hielt dabei die Hand auf, als fordere er eine Gegenleistung ein.

Auch Darya brauchte ein paar Sekunden, bis sie verstanden hatte. Sie zeigte auf sich: *I will tell you some great stories. But first I want to know which English words you already learnt.*

Das schienen alle zu verstehen, auch wenn es nicht dieselben Wörter waren, die sie bereits kannten.

First, sagte Johanna.

Story, sagte Ferdinand.

All of them, flüsterte ein dunkelhäutiger Schüler, der neben ihr saß und beide Hände gegen sein Kissen stemmte. Amrita hielt dabei die Lider gesenkt, als schämte er sich.

Then we have an interpreter. Does anybody know what an interpreter is? Please, Amrita, tell them!

Amrita zögerte, offenbar kannte er das deutsche Wort dafür nicht.

Explain it, Amrita.

Wenn man das englische Wort auf Deutsch sagt.

Übersetzer?, fragte Carolus.

Darya klatschte in die Hände: *Correct!*

Laura schaltete demonstrativ ihr Handy aus und fragte: *And the stories?*

You may select.

Aussuchen, sagte Amrita.

Select what? Es war wieder Laura, die nach den Geschichten gefragt hatte.

Who knows about »Winnie-the-Pooh«?

Beinah alle zeigten auf. *»Cinema«*, sagte Johanna, die bereits *»first«* entschlüsselt hatte.

»The Wonderful Wizard of Oz«?

»Musical«, sagte Vanessa, deren Mutter Soubrette war, wie auch Darya bereits wusste.

»The Water-Babies«? So gut wie alle zuckten die Achseln.

»The Jumblies«? Detto.

Sie dachte einen Augenblick nach: *Let's begin with »The Jumblies«. Their story is shorter and more amusing.*

Wobei Darya mit hochgehobener Hand den Abstand zwischen Daumen und Zeigefinger verringerte und dazu lautlos lachte, während Amrita: Kürzer und lustiger, sagte.

And »The Jumblies«?, fragte Johanna.

Amrita schüttelte den Kopf.

Da sagte Darya plötzlich auf Deutsch: Wirre, winzige Wesen.

Sie sprechen Deutsch?, fragten alle im Chor.

Ich versuche es. Also diese winzigen, wirren Wesen namens Jumblies machen Folgendes:

Sie stachen in See per Sieb, so war's,
Per Sieb stachen sie in See!
Und all ihre Freunde riefen Halt,
Es war Winter, stürmisch und wohl sehr kalt,
Per Sieb stachen sie in See!
Ungenau, fern im Grau
Schwimmt das Land, das den Jumblies lieb;
Ihr Kopf ist grün, ihre Hände sind blau,
Und sie stachen in See per Sieb …

Für einen winzigen Augenblick tauchte das Meer auf, in dem sie geschwommen war, aber dann kamen wieder die wirren, winzigen Wesen in ihren Fokus, und sie freute sich über das Lachen der Kinder. Die Stunde war so rasch vergangen, dass sie auf die Uhr schauen musste, um es zu glauben.

Nur eines der Mädchen hatte die ganze Zeit über geschwiegen. Es war eine Neue in dieser Schule. Sie hieß Olga und kam aus der Ukraine. Offenbar hatte sie sowohl mit dem Deutschen als auch mit dem Englischen Probleme. Auch schien sie traumatisiert zu sein, vielleicht sollte sie sich um sie kümmern.

Next time I'll bring you the original in English, then we can read it together.

Nächstes Mal bringt sie's auf Englisch mit, wisperte Amrita, während alle anderen aufstanden, miteinander zu reden begannen und noch immer über die wirren, winzigen Wesen lachten.

Es war Daryas beste Zeit, seit sie wieder an Land war. Die Kinder schienen gerne zu ihr zu kommen, und sie war selbst überrascht, welche Fortschritte sie machten. Sie wollte jedes Mal wissen, was sie in der letzten regulären Englischstunde gelernt hatten, und schon indem sie es erzählten, blieb es besser in ihrem Gedächtnis haften.

Wann immer sie sich mit Bernhard traf, sprach sie von den Kindern und wie detektivisch sie die Bedeutung mancher Wörter mithilfe ihrer Gesten aufspürten, wenn Amrita nicht dabei war oder das richtige deutsche Wort nicht kannte. Oder darüber, dass einige in der Gruppe Bilder von den Jumblies gezeichnet oder gemalt hatten, so wie sie sich die wirren, winzigen Wesen vorstellten.

Sie zuckte auch nicht mehr, wenn er sie bei der Verabschiedung auf beide Wangen küsste. Sogar ein Glas Wein hatte sie neulich mit ihm getrunken und hatte sich danach keineswegs betrunken gefühlt, außer dass ihr das Lachen leichter fiel.

Schuldig fühlte sie sich immer noch, sowohl an der Gefährdung ihrer Familie als auch – wie sie meinte – am Tod ihres Geliebten.

Nach Allerheiligen – Darya und die Kinder beschäftigten sich gerade mit den Gedichten von

Christopher Robins »*Winnie-the-Pooh*«, die relativ leicht zu entschlüsseln waren – kam ein neuer Schüler hinzu, der sich Daryas Gruppe anschloss und ihr zunächst gar nicht auffiel. Sie waren alle mit dem Gedicht »*Missing*« zugange, so dass sie ihn noch nicht einmal nach seinem Namen hatte fragen können.

Eine ihrer Kolleginnen war in Karenz gegangen, und so kam es immer häufiger vor, dass sie den ganzen Nachmittag, die englische Konversationsstunde ausgenommen, zur allgemeinen Aufsicht eingetragen war. Dann hatte sie dafür zu sorgen, dass alle Kinder in Ruhe ihre Schulaufgaben machen konnten, ohne dass der Lärmpegel stieg, und sie fragten Darya, wenn sie nicht ganz verstanden hatten, was man aufgabenmäßig von ihnen verlangte.

Auch der Neue, der ihr jetzt irgendwie bekannt vorkam, selbst wenn sie nicht wusste, an wen er sie erinnerte, saß an seinem Pult, vor ihm seine Schulbücher und -hefte, aber nicht so, als beschäftige er sich damit. Im Gegenteil, er schrieb ein paar Zeilen in ein liniertes Heft, das anders aussah als die üblichen Schulhefte, kaute an seinem Stift und schrieb weiter. Eine gute Gelegenheit, ihn nach seinem Namen zu fragen.

Adnan, sagte er.

Darya griff nach ihrem Kopf, als hätte jemand sie geschlagen, und für einen Augenblick musste sie sich an seinem Stuhl festhalten.

Adnan blickte erschrocken zu ihr auf, aber sie hatte sich wieder unter Kontrolle: Und was schreibst du da, einen Aufsatz?

Nein, die Schulaufgaben hab ich schon gemacht.

Olga, das ukrainische Mädchen, das nach zwei Monaten schon ein wenig Deutsch, wenn auch mit starkem Akzent, sprechen konnte, saß neben Adnan und antwortete für ihn: Er ist Dichter, sagte sie.

Adnans Gesicht rötete sich.

Darf ich? Darya wartete, bis er genickt hatte, dann nahm sie das Heft.

Ich schreibe Gedichte, die keine Gedichte sind, sagte Adnan.

Was meinst du damit?

Dass mir auf Deutsch keine Reime einfallen.

Sie strengte sich an, wieder auf neutralen Boden zu gelangen: Welche Sprache sprichst du denn zu Hause?

Meine Mutter spricht Arabisch mit mir, damit ich es nicht verlerne.

Olga beugte sich zu ihr hin: Adnan schreibt komisch, man muss lachen. Und ist traurig.

Darya versuchte zu lesen. Sie ließ die Seiten durch ihre Hände gleiten, nach ein paar Zeilen war der jeweilige Text zu Ende, und nach zwei Leerzeilen fing ein neuer an. Manchmal gab es auch Zeichnungen zu den »Gedichten ohne Reim«. Sie spürte das Wasser wieder, das damals in sie eingedrungen war. Als sie bei dem Satz ankam, den Adnan gerade geschrieben hatte, sagte sie ihn sich laut vor, damit er nicht gleich im Tohuwabohu ihrer Vorstellungen und Wahrnehmungen verschwand. »Dein Schatten tanzt in der Küche« stand da, mit einem blauen Stift geschrieben.

Ist schön, sagte Olga geradezu ergriffen.

Darya wollte auch etwas dazu sagen, aber es schien ihr nicht und nicht zu gelingen. Und als sie endlich den Mund aufmachte, war es auf Arabisch: Wen meinst du mit »Dein Schatten«?

Adnan lächelte, unsicher, in welcher Sprache er ihr antworten sollte, dann sagte auch er auf Arabisch: Meine Mutter. Ich möchte, dass sie tanzt und nicht immer traurig ist.

Und dein Vater?

Ist auf der Flucht im Meer ertrunken. Meine Mutter und ich sind schon viel länger hier bei einer meiner Tanten. Mein Vater wollte erst nachkommen, nachdem er mit dem Studium fertig war. Ich kann mich kaum an ihn erinnern.

Darya entschuldigte sich, aber sie fühle sich nicht gut. Zuerst ging, dann rannte sie hinaus zur Toilette.

Dort kniete sie nieder, und all das Wasser, das in sie eingedrungen war, schoss wieder in einem riesigen Schwall aus ihr heraus, einem Schwall, an dem sie beinah zu ersticken glaubte.

Die Nachmittagsaufsicht ging gerade zu Ende, so dass ohnehin alle den Raum verlassen würden und ihr Erbrechen niemandem auffiel.

Zu Hause legte sie sich aufs Bett, aber sie fand keinen Schlaf. Die Wut der Betrogenen gab ihr die Kraft, im Zimmer auf und ab zu gehen, obgleich der Schmerz es nicht zulassen wollte.

Ein Gedanke war, ihre Freundin, die Therapeutin, anzurufen, aber sie wusste nur zu genau, was sie sagen würde. Oder Bernhard zu besuchen und endlich mit ihm zu schlafen, aber das wäre vergebliche Vergeltung an Adnan gewesen. Irgendetwas musste sie tun, um ein Elend mit einem anderen zu löschen.

Als sie das Handy nahm, fiel ihr auch die Nummer wieder ein. Den Versuch war es wert. Sie würde zu Hause anrufen, wenn es diese Nummer und dieses Zuhause überhaupt noch gab. Egal, wer sich meldete, es konnte nicht schlimmer kommen, als sie es sich immer wieder vorgestellt hatte.

Ein paar Mal setzte sie dazu an, aber erst beim vierten Mal drückte sie alle Ziffern der Nummer. Es läutete, und niemand sagte »Kein Anschluss unter dieser Nummer«!

Es war ihre Mutter, die sich unter dem Familiennamen meldete. Darya nannte ihren Namen. Ein paar Minuten blieb alles still, dann kam ein Seufzer, der in Schluchzen überging. Als ihre Mutter endlich wieder reden konnte, sprach sie arabisch, nicht englisch mit ihr.

Ob wohl alle am Leben seien, fragte Darya mit rauer Stimme, die von Husten begleitet war.

Nur Anis, Nureddin und ich. Gerade dass ihre Mutter es noch herausbrachte.

Ich komme zu euch zurück, flüsterte Darya. Ich komme, um euch zu helfen.

Länger als drei Jahre haben wir nichts von dir gehört, kein Brief, keine Nachricht, kein Anruf. Wir haben so lange um dich geweint, bis du tot warst für uns. Auch dein Vater hat geweint. Bevor er starb, hat er noch gesagt, es tue ihm so leid, dass du seinetwegen im Meer ertrunken bist. Wir hätten sie nicht Darya nennen dürfen, das Meer. So hat sich das Meer dich zurückgeholt. Darya zu Darya. Was hätten wir sonst glauben sollen?

Sie lag auf dem Bett und hörte ihrer Mutter zu, bis dieser die Stimme versagte. Sie sollte, wollte auch etwas sagen, aber was?

Ich weiß, ich weiß, und ich schäme mich so dafür. Aber ich werde kommen und …

Komm nicht, krächzte die Mutter, es ist die Hölle, glaub mir, die Hölle.

Ich werde kommen und alles gutmachen.

Du kannst nichts gutmachen, solange Krieg ist. Zurzeit ist es in unserer Region etwas ruhiger geworden, aber heute Morgen haben wieder zwei Raketen in einem der großen Mietshäuser eingeschlagen. Ich habe gesehen, wie jemand einen Fuß herausgetragen hat.

Ich komme, irgendetwas muss ich doch tun können für euch.

Komm nicht. Wenigstens eine aus der Familie soll in Sicherheit leben. Das Einzige, was du tun kannst, ist, uns hin und wieder Geld zu schicken, damit wir Lebensmittel kaufen können. Das Angebot ist nicht groß, und wir sind knapp mit Geld. Das ist das Einzige, was du für uns tun kannst.

Sie lag lange auf dem Bett, ohne sich zu bewegen. Der Arm, mit dem sie telefoniert hatte, war eingeschlafen und kribbelte, nachdem sie das Handy weggelegt hatte.

Plötzlich wollte sie zu Bernhard. Die ruhige Art und die Weise, wie er ihr manchmal über die Wange strich ... Mit ihm Tee zu trinken würde sie ein wenig beruhigen. Sie hatte ihn seit zwei Wochen nicht mehr gesehen vor lauter Vorbereiten auf die nachmittägliche Konversationsstunde mit den Kindern.

Schon beim ersten Satz, den er sprach, bemerkte sie, wie anders seine Stimme klang, dunkler als sonst und zögerlich. Ja, sagte er unsicher, um sich dann für ein schwaches Nein zu entscheiden. Er wolle sich nämlich gerade auf den Weg machen. Die Mutter seiner Frau sei schwer erkrankt, und er habe ihr versprochen, sich um sie zu kümmern. Sie lebe allein in einem alten Bauernhaus, und er wolle ihr dabei helfen, entweder eine Tag- und Nachtpflegerin zu finden oder einen Platz im Pflegeheim, was aber Zeit brauche.

Tut mir sehr leid, sagte Darya, sie hatte nicht die Kraft, ihm ihre Hilfe anzubieten. Auch schien die Trauer um seine Frau noch zu schwer auf ihm zu lasten, als dass er sie in seine Familie hätte mit einbeziehen wollen oder können.

Ruf mich an, wenn du wieder in der Stadt bist, die Sache eilt ja nicht.

Mach ich, sagte er, als fiele ihm sogar das Sprechen schwer, mach ich gerne.

Wieder lag sie eine Stunde lang reglos im Bett und wollte schlafen, nur schlafen. Es ging nicht. Der Krieg in ihrem Kopf brüllte weiter, Befehl um Befehl. Sterben oder weiterleben. Weder noch – einfach schlafen. Im Badezimmerschrank gab es Vorräte. Sie hatte, seit sie wieder an Land war, oft Schlafprobleme gehabt. Und schon als sie zum ersten Mal in der Apotheke gearbeitet hatte, hatte sie sich nach und nach je eine Packung zum Mitarbeiterrabatt gekauft und sie gehortet.

Wenn sie genau überlegte, ging es um einen Test. Einfach schlafen, so fest schlafen, dass sie lange nicht aufwachen würde, es sei denn, man fände sie. Sie wollte wissen, ob sie jemandem fehlen würde, ob ihr jemand zumindest so nahestand, dass ihm oder ihr auffiele, dass sie nicht da war, wo man sie vermutete. In der Schule oder in der Apotheke, wo sie neuerdings wieder am Vormittag stundenweise aushalf. Sie wollte wissen oder nicht mehr wissen müssen, ob es jemanden gab, der sie vermisste und der ihre Abwesenheit nicht nur für die Unzuverlässigkeit von Menschen aus dem Nahen Osten erachtete. Sie wäre leicht zu finden, wenn jemand wirklich nach ihr suchte.

Im Augenblick ging es nur mehr ums Schlafen, um ein Vergessen von Schuld, und um sich nicht noch einmal schuldig zu machen, legte sie den Zettel mit Adresse und Kontonummer ihrer Mutter ins Kuvert zusammen mit dem Ersparten. *Just in case …*

Es war ihr gleichgültig, ob und wann sie wieder aufwachte. Der Test würde auf jeden Fall ein Ergebnis zeitigen. Die zunehmende Müdigkeit erschien ihr mehr als gelegen.

Als man sie endlich fand, und das auch nur durch Zufall, waren vier Tage vergangen. Es hatte in der Wohnung über ihr einen Wasserschaden gegeben, und man musste herausfinden, ob auch ihre Wohnung in Mitleidenschaft gezogen worden war.

Wie aus den Kommentaren zu der »Tragödie, die keiner wollte« hervorging, hatte man ihre Abwesenheit zwar wahrgenommen, aber sich nur, wie die Schuldirektion sowie der Besitzer der Apotheke zu Protokoll gaben, darüber einigermaßen geärgert, weil sie kein Wort gesagt hatte und auch telefonisch nicht zu erreichen war.

ENKELHAFT

Leo war zu einer anderen Frau gezogen, nach fünfundzwanzig Jahren. Kein Schmerz, der sie lähmte, keine Anklage, keine Verlassenheit, eher Erleichterung. Ein Sich-Dehnen und -Strecken bei verminderter Schwerkraft. Der Schmerz traf Mo, zumindest behauptete sie das.

Papa wäre an deiner Seite ohnehin vertrocknet, an deiner Gefühllosigkeit und deinem Desinteresse.

Sie umarmte ihre Tochter: Oder an deinem Mangel an Zeit, deiner Umtriebigkeit.

Umtriebigkeit? Mo entzog sich der Umarmung, gelinde empört und bereit zu widersprechen, aber sie kam ihr zuvor: Du nimmst dir nur Zeit, wenn du etwas brauchst.

Mama! Sie schrie beinahe und flüsterte gleich darauf: Wenn du einmal zustichst, dann mit spitzer Nadel.

Nimm es, wie es ist. Ihr werdet euch gewiss nicht seltener sehen als in den letzten Jahren. Und sei nett zu der Neuen. Es ist ihm wichtig, eine Art Glaubenssache.

Mo schaute auf ihr Handy, nicht auf die Uhr. Die trug sie als Schmuckstück mit römischen Ziffern, die die Zeit weniger deutlich anzeigten als das allwissende Gerät.

Ich muss leider! Ein Termin in der Innenstadt …

Sie strich Mo über die Wangen: Geschäftlich oder privat?

Beides! Mo sagte es wie nebenbei. Wahrscheinlich war sie zu spät dran, sie wischte einhändig mit ihren Klavierfingern und tippte flinker als flink, während sie sich mit der anderen Hand die Tasche über die Schulter hängte und noch an ihren Haaren zupfte.

Trotzdem vermisse ich ihn, wann immer ich dich besuche, hörst du?! Sie warf ihr in der bereits offenen Wohnungstür eine Kusshand zu. Eine Zeit lang war noch zu hören, wie sie in Richtung Lift stöckelte.

Pianistin, ja, Mo wollte Pianistin werden, doch es mangelte ihr an Geduld. Jetzt half die Fingerfertigkeit ihr von Job zu Job.

Sie ließ noch einen Espresso aus der Maschine, setzte sich, zog die Beine an und legte sie auf den Stuhl, auf dem Leo immer saß, wenn sie in der Küche gegessen hatten. Keine Milch, kein Zucker, kein letztes Stück Schokolade. Sie streckte sich nach der Zeitung, beugte sich dabei über den Tisch, ohne die Beine vom Stuhl zu nehmen, so weit, bis sie die Ecke mit den Seitenzahlen zu fassen bekam.

Nichts, was sie interessiert hätte. Sie hatte Zeit, mehr Zeit als je zuvor. Zum ersten Mal überwies man ihr Geld, ohne dass sie dafür etwas tun musste. Und sie konnte alleine darüber entscheiden. Keine Angst, abgeschoben zu werden, kein Leo, keine oktroyierte Meinung mehr, die einen Befehl in sich barg.

Kannst du nicht endlich die alte Jacke an die Caritas weitergeben, Agnes? Sie riecht stärker nach dir als du selbst! So Leo gegen Ende ihrer Ehe. In Wirklichkeit war er die *alte Jacke*, bequem und an den Ellbogen verschlissen.

Noch immer hielt er daran fest, er habe sie von der Straße (an manchen Tagen »aus der Gosse«) geholt.

Dieser hohe Ton samt Pathos. Er hatte doch keine Ahnung, was die Straße bedeutete, geschweige denn die Gosse.

Mo strampelte bereits in ihrem Bauch, als er sie anflehte, ihr Leben mit ihm zu teilen. Mo durfte nicht wissen, dass es sie damals schon gegeben hatte. Das Einzige, worum er sie noch anflehte.

Ich habe sie großgezogen, sie ist mein Kind!

Und alt genug …

Untersteh dich!

Sie hatte geschwiegen, schwieg immer noch. Aus Selbstschutz gegen all die Fragen, die sie nicht beantworten konnte, wollte. Sie überlegte gelegentlich, in ihr früheres Land zu reisen, das nur noch in ihren Träumen vorkam. Unabhängig, wie sie war, als Staatsbürgerin des Landes, in dem sie die meiste Zeit ihres Lebens verbracht hatte. Mit genügend Geld, sich ein halbwegs gutes Hotel zu leisten. Sich umsehen, einfach umsehen, ob sie noch *irgendetwas* erkannte oder noch irgendwer *sie* wiedererkannte. Es mit eigenen Augen sehen und sich damit dem Traum widersetzen. Ihr Pass sagte eindeutig, wohin sie gehörte. Vielleicht noch in diesem Jahr, möglicherweise aber erst im nächsten Sommer. Wenn sie es überhaupt wagen wollte, all das, was ihr Gehirn zu löschen versucht hatte, von Neuem zu installieren.

Mama, es ist ein Notfall! Mos Stimme kippte, es klang wie eine gut vorbereitete Überrumpelung. Und als sie nichts dazu sagte, überschlug Mo sich beim Erklären. Tibi …

Tibi? Sie stutzte, Tibi hieß, wer Tibor im Pass stehen hat.

Tibi und ich wollen eine Woche ins Niemandsland. Auszeit, wir brauchen eine Auszeit. Du weißt doch, wie anstrengend der Job ist. Es ist uns gelungen, diese Woche freizubekommen. Unglaublich, trotzdem wahr. Eine Flaute, mit der niemand gerechnet hat, eine vorbeugende Maßnahme gegen *Burn-out*. Und meine Bitte …

Ihr ging das alles zu schnell, und sie überlegte kurz, aufzulegen: Wer ist Tibi?

Tibi ist Tibi, unmöglich, dass ich dir neulich nicht von ihm erzählt hätte, zurzeit die Nummer eins in meinem Gefühlsleben, ein paar Jahre älter als ich, das Beste, was ich an Land ziehen konnte, glaub mir!

Schön für dich, aber was ist meine Rolle auf diesem Set?

Wenn du mich schon fragst, Oma!

Ihre Zunge wurde leicht pelzig, und sie räusperte sich misstrauisch: Bist du schwanger?

Einstudiertes Gelächter: Du weißt doch, wie ich dazu stehe. Keine Angst, es geht nicht um Empfängnis mit anschließendem Jobverlust.

Sondern? Sie ahnte, dass Mo tatsächlich etwas von ihr wollte, etwas, das sie länger beschäftigen würde.

Mo gab jetzt die Mutter, die dem Kind erklärt, was von ihm erwartet werde: Hör zu, Tibi hat einen Sohn, der nicht einfach eine Woche die Schule schwänzen kann, darum geht es. Der sachliche Ton schwenkte in Richtung Pädagogik.

Hat dieses Kind denn keine Mutter?

Die ist schon vor Jahren mit der Schwester abgehauen, nach Kanada, glaub ich.

Langsam begann sie zu begreifen, was das Wort Oma in diesem Zusammenhang bedeuten sollte.

Und wie alt?

Vierte Klasse, wenn mich nicht alles täuscht.

Nein, sagte sie, und ein wildfremdes Kind schon gar nicht, für das ich dann die Verantwortung trage.

Mama! Mo schrie wie immer, wenn sie sich Hilfe erbat und es Einwände gab. Glaub mir, diese Woche ist lebensbestimmend. Tibi und ich brauchen diese Woche dringender als alles andere. Nur wir beide. Danach werde ich wissen, ob er ein für alle Male der Beste sein wird.

Nein! Das ist mir zu riskant.

Du hast doch jetzt Zeit, Zeit ohne Ende. Ich aber habe bloß diese Woche, sie wird alles entscheiden. Hilf mir! Mo verschluckte sich beinah an der Vorstellung, die Ablehnung könne ernst gemeint sein.

Und wie heißt du wirklich?

Er zog den Rotz auf.

Also auch noch erkältet. Sie ging ins Badezimmer, warf einen Blick in den Spiegel – leider, die Großmutter würde man ihr schon glauben – und kam mit einer Packung Papiertaschentücher zurück.

Er saß noch da, die linke Hand auf dem Rucksack, die Fußspitzen berührten einander, die Fersen zwei Handbreit auseinander, leicht wippend.

Sie legte die Taschentücher neben seine rechte Hand.

Hab ich doch schon gesagt: Sugo!

Und warum ausgerechnet Sugo?

Er hatte sich ein Taschentuch aus der Packung genommen, und auf dem Weg zu seiner Nase deutete er mit dem Taschentuch auf seine Haare.

Sie waren tatsächlich rot, kein rötlich schimmerndes Blond.

Sie deutete einen Seufzer an: Also dann, willkommen in meiner Wohnung, Sugo! Pack deine Sachen aus, wasch dir die Hände, und komm zu mir in die Küche.

Er schaute nicht sie an, sondern die Poster, die noch immer an der Wand hingen.

Lass alles, wie es ist, in Mos Zimmer, hatte Leo gemeint, falls sie doch noch zurückkommt. Wer weiß, wie lange sie sich diese Wohnung in der Innenstadt leisten kann. Das war vor Jahren. Jetzt würde also dieser merkwürdige kleine Sugo in Mos Bett schlafen, seine Sachen in ihren Schrank legen, vielleicht sogar ihre Bücher vom Regal nehmen. Aber danach sah er nicht aus, dieser schmächtige, grünäugige Sugo, Sohn eines Tibis, mit dem sie sich keine zehn Minuten unterhalten hatte können, so eilig hatten er und Mo es gehabt.

Zum Flughafen, sagte Mo.

Und wohin fliegt ihr?

Geheimnis! Mo legte sogar den Finger auf den Mund. Aber so, wie die beiden sich gaben, würden sie es kaum schaffen bis zum Flughafen, ohne übereinander herzufallen.

Sei nicht kindisch. Ich muss wissen, wo ihr seid, wenn ich den Kleinen bei mir habe.

Mo lachte schrill: Du kannst uns per Handy orten, uns eine Nachricht schicken oder anrufen.

Dieser Tibi hatte noch immer nichts gesagt. Erst nachdem Mo aufgestanden war, bedankte er sich und fügte hinzu: Normalerweise ist er handsam, am Anfang ein bisschen schüchtern, aber das legt sich. Und zu seinem Sohn gewendet: Denk dran, dass du bei Mos Mutter zu Gast bist, und zeig dich von deiner netten Seite.

Sein Akzent war kaum merkbar, dennoch wusste sie sofort, wo er herkam. Sollte das heißen, dass sie nicht mehr in ihr früheres Land zu reisen brauchte, sondern das Land zu ihr kam? Ohne dass sie es gerufen hatte?

Zieh dir die Schuhe aus, sagte sie, er stand bei ihr in der Küche, und häng die Jacke im Vorzimmer auf!

Als er zurückkam, steckten seine Füße in Pantoffeln, die aussahen wie der Kopf eines Bären.

Ich habe uns Spaghetti gemacht, Kinder mögen doch Spaghetti?

Er schnüffelte in Richtung Herd.

Riechst du's?

Mit Pilzen?

Tomaten, Oregano und Pilzen.

Haben Sie auch Milch im Kühlschrank?

Sie schüttelte den Kopf. Du brauchst mich nicht zu siezen, ich heiße Agnes, und ich hasse Milch.

Ich auch, aber Papa sagt, man muss die Grundnahrungsmittel immer zu Hause haben, falls etwas passiert.

Was soll denn passieren, damit man Milch im Kühlschrank haben muss?

Sugo setzte sich auf Leos ehemaligen Stuhl, schaute durchs Fenster, hielt die Arme verschränkt, so als würde er weder drinnen noch draußen sein wollen, und dachte nach: Erdbeben, terroristische Anschläge, Hochwasser, ein Atomunfall, was eben alles passieren kann.

Kann, aber nicht sehr wahrscheinlich ist.

Etwas, nach dem man zu Hause bleiben muss, länger als einen Tag. Darum soll man das alles im Kühlschrank haben.

Und warum Milch, wenn du und ich sie nicht mögen?

Die meisten Leute mögen Milch, Papa auch.

Bringt er sie mit nach Hause?

Nein, einkaufen gehe ich. Ich komme früher von der Schule als er von der Arbeit.

Sie wusste nicht, was sie darauf sagen sollte, und füllte die Teller.

Ich hoffe, du magst Pilze.

Er war aufgestanden, um sich die kleine Schüssel mit dem Parmesan zu holen, die auf Agnes' Seite des Tisches stand: Nicht wirklich. Ich esse sie, weil Papa sie mag.

Magst du alles, was dein Vater mag?

Nein, aber er mag es nicht, wenn ich etwas nicht mag, was er mag.

Und wieder der Traum, dass sie anderntags in eine entfernte Stadt reisen sollte, zu einer Verabredung, bei der Wichtiges besprochen, besser gesagt, verhandelt werden sollte, doch kannte sie weder Zeit noch Ort, schon gar nicht, wie sie dorthin kommen sollte, und selbst wenn, dann mit wem sie es zu tun hätte. Wieder vergingen Minuten, lange Minuten, bis sie sich davon überzeugt hatte, geträumt zu haben, und sich den Ansinnen einer Schattenwelt entgegenstellte, die in immer neuen Variationen in ihren Schlaf eindrang mit Botschaften, die sie nicht mehr verstand. Wollte ihr tatsächlich jemand etwas mitteilen? Sie in eine andere Welt holen?

Sie konnte Sugo im Bett husten hören, wiederholt. War er wirklich erkältet, oder ging es nur um die trockene Luft? Sugo – was für ein Name? Rothaarige gab es in allen Kulturen, selbst bei den Afrikanern, da musste man doch kein Zeichen mehr setzen. Hatte er tatsächlich grüne Augen oder waren sie eher türkis, mit einem Stich Blau? Das Licht in der Küche trog.

Beim Frühstück bot sie ihm Honig an. Ist gut gegen den Husten. Hustest du öfter in der Nacht?

Papa sagt, ich bin allergisch gegen Katzen, aber hier ist keine Katze.

Mo hatte eine Katze, aber das ist lange her.

Er zuckte mit den Achseln: Vielleicht hab ich

mich abgedeckt. Wenn mir kalt ist, niese und huste ich.

Sie konnte es nicht lassen: Hast du Geschwister? Er nickte und hielt einen Finger hoch.

Ich habe gehört, dass deine Mutter nach Kanada migriert ist, vermisst du sie nicht sehr?

Er schüttelte den Kopf: Eher meine Schwester! Dabei nickte er.

Und andere Verwandte, Großeltern zum Beispiel? Er nickte wieder: Eine Oma. Aber die wohnt in einem anderen Land, und ich verstehe sie nicht, wenn sie mit mir spricht.

Die Mutter deines Vaters, nehme ich an. Auch dazu nickte er, schwieg aber.

Sie stand auf und stellte ihren Frühstücksteller in die Spüle: Soll ich dir ein Jausenbrot mitgeben? Er hob seinen Schulranzen hoch und versuchte, ihn sich über die Schultern zu hängen: Ich kaufe mir immer etwas in der Pause, Papa hat mir Geld dafür gegeben.

Sie stellte auch seinen Teller in die Spüle: Wie du meinst.

Sie dachte noch immer an diese entfernte Stadt, deren Namen ihr nicht über die Lippen wollte, weder im Traum noch im Wachsein.

Und du weißt, welche Straßenbahn du benutzen musst, um in deine Schule zu kommen?

U4, sagte Sugo, U4 und dann drei Minuten zu Fuß. Er wischte an seinem Handy herum und zeigte ihr den Fahrplan der Linie und die Straße, in die er abzubiegen hatte, aber da sie ihre Lesebrille nicht aufhatte, nickte sie bloß.

Bevor er die Wohnung verließ, fragte er noch, ob er etwas einkaufen solle.

Sie warf tatsächlich einen Blick in den Kühlschrank: Ist alles da! Es sei denn, du hast Sonderwünsche.

Sie hörte ihn die Treppe hinuntertrampeln, wahrscheinlich um die Wette mit dem Lift. Dann war es still, sehr still, und sie öffnete das Fenster zum Lüften.

Sie hatte einen Hosenanzug im Auge, falls sie doch in das Land schauen würde, für das sie ihre Träume verantwortlich machte. Am ehesten im Frühling, wenn blühende Bäume die Hässlichkeit von Häusern, die der Krieg beschädigt hatte, kaschierten. Diesmal probierte sie ihn zum ersten Mal an. Er saß. An der Farbe zweifelte sie noch. Sie würde ihn ein weiteres Mal probieren, wenn sie geschminkt war. Das dunkle Blau brauchte ein wenig Rot, strahlendes Rot, und ein Glitzern auf den Augenlidern. Sonst wirkte der Anzug zu bieder. Auch die Tasche, die sie tragen würde, spielte eine Rolle. Sie hatte vorgekocht, brauchte nur noch den Salat anzumachen, also konnte sie sich Zeit lassen für die Taschenabteilung.

Als sie auf die Uhr schaute, fiel ihr ein, dass sie

Sugo (sicher stand auf seiner Geburtsurkunde ein anderer, ein zivilisierter Name) gar nicht gefragt hatte, wann genau er zum Essen nach Hause kommen würde. Sie stieß Luft aus ihrem Mund, die sich wie ein hartes P anhörte. Nach Hause, das war nicht sein Zuhause, er hatte bloß eine Nacht darin verbracht, daraus wurde vielleicht die Bleibe für eine Woche, aber kein Zuhause, selbst wenn Mo und dieser Tibi zusammenblieben. Sie hatte nicht vor, sich omahaft zu geben. Ihr war nach anderem zumute.

Sie ließ eine Straßenbahn an sich vorüberfahren. Als sie den Blick hob, glaubte sie ein rothaariges Kind in Sugos Alter zu sehen, aber es ging alles zu schnell, sie war sich nicht sicher. Auch fuhr die Straßenbahn in die andere Richtung, nicht in die, in der er zu ihrer Wohnung kommen würde.

Dennoch ging sie schneller, um ihn, falls er es war, bei der nächsten Haltestelle, etwa 200 m entfernt, abzufangen, aber als sie ankam, hatte die Straßenbahn bereits die Türen geschlossen.

Ihr wurde heiß, und sie lockerte ihren Schal. Vielleicht war er schon bei ihr zu Hause gewesen, und anstatt zu warten, bis sie kam, war er zu jemand anderem, den oder die er kannte, unterwegs. Sie hatte ihm keine Schlüssel gegeben, warum auch, ein Zehnjähriger braucht keinen Schlüssel. Außerdem hätte er sagen sollen, wann er zum Es-

sen käme, und auf sie warten, wenn er früher gekommen wäre, als sie ihn erwartet hatte.

Sie stieg in die Straßenbahn, die in die Gegen-
richtung fuhr. Zwei Stationen, und sie würde beinahe vor ihrer Haustür stehen, dann mit dem Lift
nach oben fahren, wo er wohl vor der Tür hockte.
Das war gar nicht er in der Straßenbahn, sie musste
sich verschaut haben.

Viel wahrscheinlicher war er noch gar nicht da
gewesen. Ihre Uhr zeigte auf eins. Normalerweise
dauerte der Unterricht bis um eins. Zumindest war
es bei Mo so gewesen. Wie alt war sie damals? Etwa
elf oder zwölf und im Gymnasium. Sugo war erst
zehn. Da schloss die Schule womöglich schon um
zwölf.

Sugo hockte nicht vor ihrer Tür. Als sie Mantel und
Schal über die Sessellehne geworfen hatte, kam ihr
zu Bewusstsein, dass sie sich seine Handynummer
nicht aufgeschrieben hatte. Sie holte sich ein Glas
Wasser, das beruhigte sie für den Augenblick. Ihr
Handy lag schon auf dem Küchentisch. Wie immer,
wenn sie nicht wusste, was tun, versuchte sie, sich
lauthals Luft zu machen, indem sie sich und andere
verfluchte. Ihre Stimme klang belegt, und sie räusperte sich so lange, bis sie das Wort Idiot heraus-
gebracht hatte. Ich Idiot, rief sie, wobei sie mit oder
ohne Absicht bei der männlichen Form blieb. Ich
kenne nicht einmal seinen richtigen Namen, rief sie

in Richtung Backrohr, das die Töpfe bei geringer Temperatur warm hielt.

Sugo ist doch kein Name! Sie sprang auf und lief in Mos Zimmer. Wahrscheinlich hatte er nur die Schulhefte mitgenommen, die er an diesem Tag brauchte. So machte zumindest Mo es. Aber da war nichts. Kein Schulheft, kein Schulbuch, kein Ausweis, bloß ein paar Shirts, eine zweite Jeans, Unterhosen, zwei Paar Socken und mehrere Kugelschreiber.

Die Flüche ihrer früheren Sprache kamen ihr wieder in den Sinn. Sie vermied es, diese, ihre frühere Sprache, ihre Muttersprache zu nennen. Es war nicht die Sprache ihrer Mutter, die war von ganz woanders gekommen. Es war ihre Kindergarten- und Grundschulsprache gewesen. Und dass nun wieder diese Flüche in ihr hochkamen, nahm sie selbst wunder.

Sie ging in ihr Schlafzimmer und legte sich aufs Bett. Mo hatte sich wieder einmal durchgesetzt, sie zu etwas gebracht, was sie gar nicht tun wollte. Wieder schaute sie auf die Uhr, es war 13:30. Warum machte sie sich solche Sorgen? Selbst wenn die Schule früher aus war, Kinder trödeln, Kinder sind höchstens auf dem Weg zur Schule pünktlich, nicht aber auf dem Nachhauseweg, noch dazu wenn sie nicht in ihr eigenes Zuhause gingen. Wer weiß, vielleicht mochte Sugo sie nicht so besonders und blieb deshalb länger mit den anderen Kindern beisammen.

Sie fröstelte, stand auf und ging wieder in die Küche, um den Salat anzumachen. Niemand konnte von ihr erwarten, dass sie den ganzen Tag zu Hause blieb, nur um auf dieses Kind zu warten. Dieses viel zu erwachsene Kind, das für seinen Vater einkaufen ging und allein mit der U-Bahn zur Schule fuhr.

Sie hatte Hunger. Die Speisen waren noch warm, wenn auch nicht heiß, aber das war ihr ohnehin lieber. So wie es früher in Restaurants meist geschah, nämlich dass das Essen gerade dann serviert wurde, wenn man sich eine Zigarette anzündete, würde Sugo kommen, sobald sie sich den Teller gefüllt und zu essen begonnen hätte.

Kurz vor dem letzten Bissen glaubte sie jemanden an der Tür zu hören, sprang auf und öffnete sie einen Spaltbreit: Sugo?! Da war aber nichts. Keine Schritte, kein Geräusch, kein Lift, der sein Kommen angezeigt hätte.

Zurück in der Küche, räumte sie den Tisch ab, wusch Messer, Gabel und Teller, wie sie es meistens tat, seit sie alleine wohnte, und setzte auf Geduld. Sie würde Mo anrufen und sie ganz nebenbei nach Sugos Handynummer fragen. Mo würde sich an diesen Tibi wenden, und wenn der sie nach dem Warum fragte, würde sie ganz ruhig gegenfragen, ob Sugo an diesem Tag auch Nachmittagsunterricht habe.

Es war kurz vor 14:00. Um ernst genommen zu werden, würde sie mindestens bis 15:00 warten müssen. Keine Panik! Keine Hysterie!

Sie legte sich von Neuem aufs Bett, ließ aber die Schlafzimmertür offen, damit sie es hörte, wenn er draußen stand und läutete. Sie fühlte sich müde, wie immer nach dem Mittagessen. Inzwischen gab sie dieser Müdigkeit meist nach und wachte etwa nach einer halben Stunde erfrischt auf.

Ein scharfer Klingelton zerriss ihr das Ohr. Sie sprang auf, musste sich aber gleich wieder hinsetzen. Es schwindelte sie, aber nachdem es noch einmal geklingelt hatte, ging sie langsam zur Tür und überlegte dabei, was sie zu Sugo sagen und ob sie ihn von ihrer Besorgnis wissen lassen sollte.

Es war die Postbotin, die einen eingeschriebenen Brief unterzeichnet haben wollte.

So ein Sauwetter draußen, sagte die Postbotin, nachdem sie sie mit einem Druckstift ihren Namen auf das Handydisplay zu schreiben bat.

Es schüttet in Strömen, und das ganz plötzlich: Hoffentlich müssen Sie nicht mehr aus dem Haus!

Das auch noch. Sie warf den Brief auf den Tisch, ohne ihn zu öffnen. Wenn das Kind erst jetzt aus der Schule kam, würde es total durchnässt und wirklich erkältet sein.

Es war noch nicht ganz 15:00, aber sie wollte Mo jetzt anrufen, keine Minute mehr warten. Sie anrufen, ihr erzählen, wie schrecklich das Wetter war und dass sie Sugo von der Schule oder von wo auch immer abholen wolle. Aber um ihm entgegenkommen zu können, brauchte sie seine Handynummer. Sie drückte auf den Favorites-Knopf, es läutete ziemlich lange, bis eine Stimme ihr mitteilte, dass der Teilnehmer zurzeit nicht erreichbar wäre, sie solle es später noch einmal versuchen.

Ihr war nicht einmal gleich aufgefallen, dass die Ansage in ihrer früheren Sprache erfolgt war. Als sie es begriffen hatte, wurde sie wütend. Wo trieb Mo sich herum? Sie hatte in diesem Land nichts zu suchen, es war *ihr* früheres Land, kein normales Land, ein Land, das sich in ihren Träumen noch immer wichtigmachte und das es so gar nicht mehr gab.

Als sie sich einigermaßen beruhigt hatte, schaltete sie die Kaffeemaschine ein. Gepeinigt von der Vorstellung, wie Mo und dieser Tibi es Tag und Nacht miteinander trieben und ihre Handys ausgeschaltet hatten, um dabei nicht gestört zu werden, waren Erinnerungen in ihr geweckt worden, die sich gegen sie richteten.

Noch wusste sie, wie es sich anfühlte, tagelang mit einem Mann, in den man sich heftig verliebt hatte, im Bett zu liegen. Aber in diesem Fall ging es um ein Kind. Wie konnte dieser Tibi ihr sein Kind anvertrauen, ohne ihr die wichtigsten Daten zu übermitteln. Machte er das immer so? Wer weiß, mit wie vielen Frauen er es schon so gehalten hat. Vielleicht wirkte Sugo deshalb so erwachsen, weil es zur Routine gehörte, dass jemand von den Angehörigen der Frau sich um ihn kümmerte, damit er, Tibi, sich in Ruhe austoben konnte, dieser Hurensohn. Dass Mo das nicht gleich durchschaut hatte, war ihrer Verliebtheit geschuldet, aber sie, sie hätte sich von Anfang an verbieten müssen, einem Mann zu vertrauen, den sie nie zuvor gesehen hatte, von dem sie weder den vollen Namen wusste, noch was er von Beruf war.

Sie riss sich mehrmals an den Haaren, ließ die Wut an ihrem Körper aus und hätte sich am liebsten ins eigene Gesicht gespuckt. O ja. Sie wusste, was Geilsein ist, was es bewirken konnte, und hätte es gerne selbst noch einmal erlebt. Allerdings nur unter den richtigen Rahmenbedingungen, ohne dass es mit einem Kind oder mit ihrem früheren Land zu tun hatte.

Die Empörung beschleunigte ihre Atemzüge. Kaum hatte sie eingeatmet, stieß sie die Luft sofort aus und ließ sich einen Espresso herunter. Und holte aus dem Küchenkasten ein Stück Schokolade, um klar denken zu können. Mo war eine begabte junge Frau, eine hübsche begabte junge Frau. Was, wenn dieser Kerl sie womöglich in ihr früheres Land gelockt hatte, um sie dort festzuhalten und in seine Tasche arbeiten zu lassen, wobei die Sache mit dem Kind bloß eine verharmlosende Vorgangsweise und das Kind selbst längst wieder dort war, wo es hingehörte, nach vollbrachter Täuschung eingesammelt und an einem unverdächtigen Ort verwahrt, während sich Mo in dem anderen Land befand, missbraucht, genötigt, gefangen. Früher hatte es das nur in der umgekehrten Richtung gegeben. Gut aussehende junge Frauen, die Geld verdienen wollten oder mussten, wenn sie vorhatten, ihr Leben lebbarer, komfortabler, europäischer leben zu können, liefen, auf beiden Augen blind, in die Falle, weil sie den Versprechungen geglaubt hatten und daran, dass sie mit ihrem Aussehen sämtliche Hindernisse ausblenden könnten.

Sie wusste Bescheid, hatte Lehrgeld bezahlt und ihr Kind mit etwas Glück in guten Verhältnissen großziehen können. Aber ihr früheres Land war inzwischen nicht mehr so viel anders als ihr jetziges. Länder holen auf, und gewisse Etablissements gibt es überall. Nur dass jetzt die Erpressung, die Sklaverei, nicht mehr nur über Geld oder Karriere lief, sondern über die Liebe, die sogenannte Leidenschaft für einen gut aussehenden Kerl. Und das war dieser Tibi.

Mo war diesbezüglich viel zu unerfahren. Sie verdiente ihr eigenes Geld, hatte Leo im Rücken, falls etwas schieflief, und sie, die auf alle ihre Wünsche einging, wie auch diesmal. Was für eine Unachtsamkeit. Sie, als die Erfahrene, hätte viel aufmerksamer sein müssen. Sie hätte dieses Omaspiel sofort zurückweisen müssen. Hätte sie genauer hingeschaut, wäre ihr die Lächerlichkeit dieses Ansinnens sofort aufgefallen.

Je mehr sie sich ihrer Fahrlässigkeit bewusst wurde, desto spürbarer begann sie zu schwitzen. Sie versuchte es noch einmal mit dem Handy. Mo war noch immer nicht zu erreichen. Es ging auf 16:00 zu. Eine Stunde Spielraum gab sie sich noch, dann würde sie Leo anrufen. Sie wusste, was das hieß, und ihre Kopfhaut begann zu jucken. Sie versuchte gar nicht erst, sich vorzustellen, was das bedeutete. Aber Leo würde Mo finden, egal, wohin sie verschwunden war. Sie würde ihm von Sugo erzählen und sich gleichzeitig alles anhören müssen, was er ihr zu dem längst Geschehenen an Ratschlägen zu geben hatte. Noch gab es diese eine Stunde Zeit, um sich gegen Leo zu wappnen.

Als sie zum Fenster ging, um etwas frische Luft zu atmen, schlug ihr der Regen mit der Heftigkeit eines Gartenschlauchs entgegen. Obgleich sie das Fenster sofort wieder schloss, musste sie sich im Badezimmer das Gesicht abwischen und eine andere Bluse anziehen.

Plötzlich lustete es sie nach Zimtschnecken. Zimtschnecken hatten ihr immer geholfen, wenn etwas in ihrem Leben sich gegen sie kehrte. Sie würde sich anziehen, hinunter und über die Straße gehen, in die Bäckerei, deren Zimtschnecken in der Umgebung berühmt waren.

Mit einem Mal hatte sie es eilig, zog den Mantel an, der über dem Stuhl hing, nahm einen wasserdichten Kunststoffbeutel, den Schirm, die Regenstiefel und stieg in den Lift. Das Handy nahm sie mit Absicht nicht mit. Sollte Mo in der Zwischenzeit ihre Versuche, mit ihr Kontakt aufzunehmen, entdeckt haben und sie nun trotz aller Dringlichkeit nicht erreichen können, würde sie sich nun ebenfalls sorgen. Sollte sie nur. Jetzt war sie am Zug. Und sie würde bestimmen, wann sie zurückrufen wollte.

Wenn sie tatsächlich in das frühere Land gelockt worden war? Wenn Mo sich auch in der nächsten Stunde nicht gemeldet haben würde, gab es nur noch eins, Leo.

Sie haben Glück, meinte die Frau des Bäckers. Wir haben noch zwei Stück von den Zimtschnecken. Meist sind sie um diese Zeit längst ausverkauft, aber bei dem Wetter … Sie steckte das Gebäck in ihren Beutel und bezahlte wortlos.

Als sie wieder im Lift stand, hatte sie nur noch eine knappe halbe Stunde, bis sie Leo anrufen wollte, sie seufzte bei dem Gedanken. Bevor sie ausgestiegen war, hörte sie die Stimme einer Nachbarin, die auf jemanden, den sie noch nicht sehen konnte, einredete, und zwar so, als würde sie gleichzeitig die Hände über dem Kopf zusammenschlagen.

Was ist los?

Erst als die Nachbarin sie kommen gehört und einen Schritt zur Seite gemacht hatte, konnte sie Sugo auf dem Boden kauern sehen.

Gut, dass Sie da sind, die Nachbarin kam auf sie zu. Der Kleine behauptet, bei Ihnen zu wohnen. Aber er hat keinen Schlüssel.

Sie konnte sehen, wie das Wasser von Sugos Haaren seinen Hals entlang nach unten rann und er in einer Art Pfütze saß, die sie befürchten ließ, er habe das Wasser nicht halten können. Auch klapperte er mit den Zähnen.

Ja, ja, vorübergehend. Sie half Sugo auf, hielt ihn mit einer Hand fest und sperrte mit der anderen die Tür auf.

Zieh dich aus. Sie selbst hängte ihren Mantel diesmal auf den Kleiderständer im Vorzimmer.

Ich lasse dir heißes Wasser ein, damit du nicht auch noch Fieber bekommst. Und sag mir, wann ich dir die Haare föhnen kann. Am besten, du ziehst gleich deinen Pyjama an. Soll ich dir beim Ausziehen helfen?

Er zitterte, als habe er Schüttelfrost, verneinte jedoch, und sie ging den Pyjama holen.

Als sie das Essen zum Wärmen wieder ins Backrohr stellte, läutete ihr Telefon. Sie ließ es läuten, bis es von selbst zu läuten aufhörte.

In Mos Zimmer fand sie den alten, mittlerweile

viel zu kurzen Bademantel, der Sugo bis zu den Zehen reichen würde. Die Ärmel konnte man umschlagen. Auch die Bärenpantoffeln vergaß sie nicht. Hauptsache, er hatte es warm.

Inzwischen hatte er sich selbst abgetrocknet, sich von ihr föhnen lassen und gegessen, was sie ihm auf den Teller gelegt hatte, nur gesagt hatte er noch nichts. Das Telefon läutete wieder, aber sie ließ es läuten.

Da sagte er, ohne sie anzuschauen: Mein Handy ist weg! Ich habe überall nachgeschaut, sogar in der U-Bahn-Zentrale bin ich gewesen. Nichts, keine Spur. Wahrscheinlich hat es mir jemand geklaut. Er zog den Rotz mehrmals hintereinander hoch, und sie reichte ihm die Packung mit den Papiertaschentüchern über den Tisch.

Dann müssen wir eben ein neues kaufen.

Sie hätte es nicht ertragen, ihn weinen zu sehen.

KEIN ENGEL VOR MEINER TÜR

Mann hatte Amelie nie einen, also keinen Ehe-
mann, jedoch Männer auf Zeit, am längsten den Vater von Leander. Alles passé, die Flüchtigkeit von
Jahren.

Leanders Frau hieß Lea, nicht – wie zu erwarten – Hero, und Linus war ihrer beider Sohn. So
schnell war es gegangen. Und schon war Leander
im Geschäft gewesen. Der Rotzlöffel, der sie ein
Jahrzehnt lang gepeinigt hatte, nachdem er aus dem
liebesbedürftigen kleinen Buben herausgewachsen
war. Über Nacht wurde Leander zum ehrgeizigen
Stipendiaten, der nach ein paar Semestern in seiner Heimatstadt zum Studium nach England geschickt wurde. Von da an hatte er Wind in den Se-
geln, und zwar anhaltend. Als er zurückkam, war
Lea an seiner Seite und blieb es auch, bis zum
Ende. Nicht nur an seiner Seite, sondern auch als
starke Stütze hinter ihm. Schritt für Schritt: Top-
job in einer internationalen Firma, Eheschließung,
Eigentumswohnung, SUV und schließlich Linus.

Amelies Auftritt als Großmutter bahnte sich dagegen langsamer an. Wirklich gebraucht wurde sie

erst, als Lea wieder zu arbeiten begonnen hatte, und das in derselben Firma wie Leander.

Linus war ein ganz anderes Kind, als Leander es gewesen war. Anfangs nahm sie ihn mit in den Park, dann ins Kino, später auch in diverse Museen. Er redete nicht viel und kam, wie sie es sah, erst mit Handy und Tablet richtig in die Gänge. Sein Übertritt in die digitale Welt war irreversibel, und wenn Lea und Leander miteinander ausgingen oder einen Abendtermin wahrten – so nannten sie ihre gesellschaftlichen Verpflichtungen – und sie zum Babysitten gebeten wurde, nahm sie ab einer gewissen Zeit ein Buch oder eine Zeitschrift mit. Sie war es bald leid, Linus immer wieder aus seiner zweidimensionalen Wahrnehmung zu holen und ihn nach seinen Hausaufgaben oder Schulfreunden zu fragen. Er antwortete ohnehin bloß mit Stehsätzen.

Eines Abends, Linus hatte bereits geschlafen, als seine Eltern nach Hause kamen, sprach sie Leander vorsichtig darauf an, dass ihr Linus, bei aller Liebe, irgendwie autistisch vorkomme. Leander reagierte erst befremdet, dann nachdenklich. Doch als Lea hinzukam und Leander von ihrem, Amelies, Verdacht erzählte, widersprach sie heftig. Das könne gar nicht sein, denn ihr gegenüber würde er sich, ganz im Gegenteil, sehr emotional verhalten. Leander beendete die Debatte damit, dass Linus ebenso sei wie die meisten Kinder in seinem Alter. Er könne ihm das auch nicht verbieten, denn ohne Handy und Tablet würde er in der Schule nicht mithalten können.

Du verstehst das nicht, Mama. Die heutigen Kinder sind anders, die holen sich ihr Wissen aus dem Internet und sind damit für die Zukunft bestens gerüstet.

Als Linus zehn war, blieb er abends bereits allein zu Hause, natürlich mit Handy-Verbindung zu seinen Eltern, falls er es doch noch mit der Angst zu tun bekäme. Das Einzige, was er mit ihr, wenn sie zu Besuch kam, gerne spielte, war, seit Leander es ihm beigebracht hatte, Schach. Wahrscheinlich deswegen, weil er gegen sie fast immer gewann.

Was seinen Eltern offensichtlich nicht einmal auffiel, war, dass er immer pummeliger wurde, aus Amelies Sicht geradezu fettleibig. Darum hatte sie Lea und Leander auch geraten, das Angebot eines gemeinsamen Freundes, sie während der Winterferien in seiner gut ausgestatteten Schihütte in Tirol wohnen zu lassen, anzunehmen. Er selbst würde die Hütte ja erst zwei Wochen später für sich in Anspruch nehmen.

Lea und Leander hatten zwar einen Fünftageurlaub auf den Kanaren geplant, sahen dann aber ein, dass Linus sich beim Schifahren mehr bewegen würde als am Strand, wo er doch Wasser hasste und so ungern schwamm, dass man sich im Kampf gegen seine Wasserscheu womöglich den Urlaub vergällte.

Seit Linus aus dem Alter heraus war, in dem er sie noch gebraucht hatte, versuchte Amelie, sich wieder in der Branche bemerkbar zu machen, schließlich war sie Schauspielerin, wenn auch keine weltberühmte. Sie hatte seinerzeit bei einer der angesagtesten Gruppen, die das Theater von Grund auf verändern wollten, angefangen. Es war sogenanntes *Armes Theater* (teatro povero) mit hohem Anspruch, viel Engagement und skurriler Ausstattung. Der Zug zur Avantgarde spielte eine große Rolle, und die Gründer der jeweiligen Gruppen waren meist Autor, Darsteller, Intendant, Bühnenbildner und Choreograph in einem. Dennoch hatten sie, die Schauspieler, theaterintern viel zu sagen, aber kaum genug zum Leben. Wollte man doch aus den staatlichen Subventionen, künstlerisch gesehen, immer mehr herausholen, als was diese Zuschüsse gerade noch ermöglicht hätten. Sie selbst sah diese darstellerische Kreativität als kunstaffine Lebensweise und galt mittlerweile als eine der verlässlichsten Nebendarstellerinnen. Sie wurde auch gelegentlich von anderen Gruppen engagiert, ohne mit deren Hauptdarstellerinnen konkurrieren zu müssen.

Aber diese Art von Theater lag bald nicht mehr

im Trend, und die großen, vom Staat meist gut versorgten Häuser holten sich aus den freien Gruppen jene, die sie als talentiert erachteten und die von ihrem Aussehen her etwas zu bieten hatten. Der Film verfuhr ähnlich und machte, finanziell gesehen, das bessere Angebot.

Amelie war begabt und hatte ein hübsches Gesicht, wenn auch, nach internationalem Standard, etwas zu kurze Beine, doch für eine gute Nebendarstellerin war das schon in Ordnung.

Es folgte eine Zeit, in der sie mehrere Engagements zugleich hatte, was ziemlich aufreibend war. Nachdem sie schon seit einiger Zeit mit Leanders späterem Vater, Ernst, einem Regisseur, der sich wie sie aus einer der freien Gruppen hochgearbeitet hatte, liiert war, erfüllte sich ihr zum ersten, leider auch zum letzten Mal der Wunsch nach einer Hauptrolle, der sie dann auch, wie Rezensenten anmerkten, gerecht geworden war.

Trotz ihres Erfolgs oder vielleicht gerade deswegen fing ihr Verhältnis mit Ernst zu bröseln an. Er war beim Theater geblieben, während sie mit dem Film »Kein Engel vor meiner Tür« einen Aufstieg ihrer Karriere beim Film vor Augen hatte.

Um das Beste aus ihrem Erfolg zu machen, nahm sie selbst Werbeangebote beim Fernsehen an, zu viele dummerweise, denn bald galt ihr Gesicht als abgenutzt, und sogar in Nebenrollen konnte sie nur mehr mit veränderter Frisur und in anderer Schminkweise auftreten.

Bald geriet sie in Panik. Offensichtlich hatte Ernst sie in ihrer letzten gemeinsamen Nacht geschwängert, und als sie es endlich selbst zu glauben begann, was da in ihr vorging, war es für eine legale Abtreibung zu spät.

Ernst war zu diesem Zeitpunkt schon mit einer anderen Schauspielerin liiert, gab aber zu, sich über den Nachwuchs zu freuen. Irgendwie werde man das schon organisieren können, was er seiner Meinung nach auch tat, indem er von Geburt an für das Kind etwas mehr an Alimenten zahlte als vorgeschrieben, jedoch nichts für sie, dafür musste eine Zeit lang der Staat herhalten.

Ab dem vierten Lebensjahr verbrachte Leander dann zweimal im Monat das Wochenende bei seinem Vater und dessen jeweiliger Partnerin.

Amelie blieb gar nichts anderes übrig, als es wieder mit der Werbung zu versuchen, aber die brauchte neue Gesichter, und so nahm sie, sobald Leander in den Kindergarten gehen konnte, einen Job in einer Besetzungsagentur an, schließlich kannte sie sich diesbezüglich aus und wusste ungefähr, wer was können könnte und welches Gesicht infrage käme.

Amelie liebte ihren Sohn, fühlte sich aber zeitweise überfordert und war erleichtert, wenn sein Vater hin und wieder ein Machtwort sprach und sie nicht auch noch die Rolle des Vaters übernehmen musste.

Amelies Stimme war in all den Jahren besser gealtert als ihre Erscheinung, und so versuchte sie sich als Sprecherin beim Rundfunk gelegentlich in Hörspielen, eine kleine Zugabe zu ihrem mageren Gehalt. Davon leben hätte sie nicht können, denn inzwischen war eine ganze Generation von Arbeit suchenden Schauspielerinnen nachgewachsen.

Als Leander zu arbeiten begonnen hatte, bot er ihr öfter Unterstützung an, aber da sie sich bis jetzt am Leben hatte halten können, winkte sie ab und meinte, er solle sich das für eine Zeit aufheben, in der sie es womöglich wirklich brauchen würde.

Leander, Lea und Linus waren bei diesem von ihr auch noch groß befürworteten Schiurlaub in Tirol ums Leben gekommen. Ein Schlag, von dem sie sich nie mehr wirklich erholen würde können. Sie waren an einer Rauchgasvergiftung gestorben. Offensichtlich hatten sie den Kachelofen in der Schihütte falsch beheizt, anders hatte sich das niemand vorstellen können.

Amelie kam sich vor wie geschreddert, und als Leas Eltern samt den beiden Brüdern, sie alle lebten in Südafrika und bewirtschafteten mehrere Agrarbetriebe, anreisten, musste Amelie ihnen nicht nur die Organisation, sondern auch die Bezahlung des Begräbnisses überlassen, da nicht einmal ihr jahrelang Erspartes dazu gereicht hätte. Sie selbst hatte nie gedacht, dass diese sogenannte Ruhe-stätte dermaßen teuer sein könnte.

Leas Familie gab sich großzügig und überließ ihr die Wohnung, das Auto und was sonst noch im Be-sitz von Lea und Leander gewesen war.

Nach einem halben Jahr war Amelie dann so weit, sich mit dem Verkauf zu beschäftigen, und stellte fest, dass weder die Eigentumswohnung noch der SUV annähernd ausbezahlt und die Konten belas-tet beziehungsweise überzogen waren.

Also verkaufte sie alles bis hin zur Einrichtung plus Geschirr. Danach zog sie eine eher schüttere Bilanz, ihr waren bloß ein paar Tausend Euro ge-blieben, die sie zur Hälfte für die dringende Sanie-rung ihrer eigenen kleinen Wohnung brauchte, den Rest legte sie aufs Sparbuch.

In den darauffolgenden Jahren war es ihr nur hin und wieder gelungen, mit ihrer Stimme Geld hin-zuzuverdienen. Das bedeutete, dass sie haarscharf haushalten musste, um ihr Weiterleben einigerma-ßen erträglich gestalten zu können. Ihr Freundes-kreis war immer kleiner geworden. Das hatte schon während der Zeit, in der Linus großgezogen wurde, begonnen. Sie hatte die Rolle als Großmutter im-merhin ernst genommen, selbst als sie gespürt hatte, dass Linus ihr deshalb kaum näherkommen würde, auch wenn sie ihn gerne an sich gezogen hätte.

Das bedeutete aber unter anderem, weniger, manchmal auch gar keine Zeit für Konzerte, Theater, Treffen im Kaffeehaus und was sonst in ihrem Leben gezählt hatte, zu haben.

Einige der alten Freunde waren gestorben, andere verloschen langsam in Altersheimen, wieder andere machten es wie sie und gaben auf ihre Enkel acht oder lebten durchgehend in der Familie und machten sich nützlich, wenn etwas anstand.

Was in jedem Jahr wiederkehrte, war jener 3. Februar, der Todestag von Lea, Leander und Linus, für den sie ein eigenes Ritual erstellt hatte. Linus wäre vor Kurzem fünfzehn geworden, und das Wetter war in diesem Jahr so schlecht wie immer um diese Zeit, Matsch in den Städten, auf den Bergen Schnee, ob Natur- oder Kunstschnee, jedenfalls Schnee, feuchte Kälte und klamme Finger, sobald sie das Haus verließ.

Am Vormittag hatte der Sturm einige Platten von den Dächern gerissen, nachmittags hatte ein regionaler Stromausfall ihre Wohnung erkalten lassen, und als sie sich endlich aufmachte, um aller drei Lieblingsgebäck zu besorgen, wäre sie beinah auf dem Gehweg zu Fall gekommen. Ein wild gewordener Radfahrer war zu nahe an ihr vorbeigeschlittert und hatte ihr auch noch die Schuld an seinem

Sturz in den wässrigen Schnee gegeben, da sie ihm nicht rechtzeitig ausgewichen sei. Und das, obwohl dieser Depp auf dem Gehweg und nicht auf dem Radweg dahergeprescht war.

Sie bekam vor lauter Ärger kaum Luft, so dass sie ihn nicht einmal beschimpfen konnte. Ein Augenzeuge, der von dem Radfahrer auf demselben Gehweg bereits von oben bis unten bespritzt worden war, besorgte das an ihrer Stelle, während der Gestürzte sich mit nasser Hose wieder auf sein Rad schwang.

Irgendwie beruhigte sie das, sie bedankte sich sogar bei dem Augenzeugen, der noch immer »Bagage« rief und seine Faust in die Luft warf.

Schon von außen hatte sie sehen können, dass in ihrer Wohnung Licht brannte, Licht in der Küche. Im ersten Augenblick dachte sie an Einbrecher, verbat sich aber gleichzeitig Ängstlichkeiten dieser Art. Wo käme sie hin, wenn sie beim geringsten Anlass solche Anmutungen zuließe. Außerdem war ihr eingefallen, dass es keinen Strom gegeben und sie versuchsweise mehrmals den Schalter betätigt hatte. Immerhin gab es jetzt wieder welchen.

Sie zog den Mantel aus, packte die drei rosafarbenen Punschkrapfen aus, setzte sie auf je einen kleinen Teller und trug sie ins Wohnzimmer. Die Kerze stand bereits auf dem Tisch, sie brauchte sie bloß noch anzuzünden. Dann legte sie eine CD mit

Leanders Lieblingssong auf, nämlich dem der See-
räuber-Jenny aus Brechts »Dreigroschenoper«, vertiefte sich in das letzte Foto der drei, das sie noch
selbst gemacht hatte, versuchte sich vorzustellen,
wie Linus wohl als Fünfzehnjähriger ausgeschaut
hätte, weinte mehrere Taschentücher voll, dachte
immer wieder an einen möglichen Suizid und begann dann, wie in den alten Kulturen, die Krapfen
einen nach dem anderen aufzuessen, so als müssten sie erst durch ihren Leib gehen, bevor sie bei
den Verstorbenen ankämen. Dazu trank sie ein Glas
Whisky aus der Flasche, die sie vor dem Verkauf
der Wohnung aus Leanders Spirituosenschränk-
chen, zusammen mit ein paar anderen Flaschen,
an sich genommen hatte. Der Whisky, inzwischen
waren es zwei Glas geworden, verhinderte einerseits, dass ihr übel wurde, und machte sie andererseits dermaßen bettschwer, dass sie zwar die Kerze
löschte, aber ansonsten alles ließ, wie es war, auch
sich selbst, und angezogen auf dem Sofa einschlief.

Amelie zog sich am nächsten Morgen gegen sechs
Uhr aus, duschte und trank, noch im Schlafrock,
Kaffee, was dessen Wirkung angeblich verstärkt.
Danach begann sie in ihrem Hirn aufzuräumen,
wie sie es nannte, wenn sie Entscheidungen zu tref-
fen hatte. Es ging um Leben und Tod, besser gesagt,
um Leben oder Tod, und so, wie sie als Kind vor der
Beichte dazu angehalten worden war, ihre Sünden

aufzuschreiben, fing sie an, wenn auch nicht mit Papier und Bleistift, so doch ernsthaft zu bedenken, welchen Weg sie aus dieser ihrer mutlosen Situation nehmen sollte. Dabei sprach sie von sich selbst als prekärer Siebzigjähriger, der zu ihrem Geburtstag am 2. Februar (ausgerechnet an Mariä Lichtmess) kein Mensch gratuliert oder, wenn auch nur zufällig, sie auf einen Kaffee eingeladen hatte. Noch sei sie, abgesehen von einer Anfälligkeit für Erkältungen und einem Überbein auf dem Rist des rechten Fußes, der gelegentlich schmerzte, sowie einem von grauem Star befallenen Auge, das demnächst operiert werden sollte (bezahlt die Krankenkasse), ziemlich gesund, im Vergleich zu Alterskolleginnen sogar sehr gesund. Doch sei diese Art von Einsamkeit, in der sie lebte, und der Mangel, der sie von vielem abhielt, womit diese Einsamkeit zu mildern gewesen wäre, auf die Dauer nicht zu ertragen.

Während sie in ihren Selbstgesprächen weder an ihren Lebensumständen noch an sich selbst ein gutes Haar ließ, überkam sie, wahrscheinlich dem Kaffee auf nüchternen Magen geschuldet, eine Aufgeräumtheit, die einer anhaltenden Empörung glich und sich gleichzeitig wie heftiger Tatendrang anfühlte. Dabei wurde ihre Stimme lauter, sie begann in ihrer Sechzig-Quadratmeter-Wohnung auf und ab zu gehen und geriet dabei in eine Art Furor.

Als sie vor ihrem Portrait in Öl zu stehen kam, schien ihre Suada genau das richtige Gegenüber gefunden zu haben. Das Bild war seinerzeit von einem Schulfreund Leanders gemalt worden, der inzwischen mit seinen Bildern viel Aufmerksamkeit erregt hatte und dessen Werke von einer der angesehensten Galerien der Stadt immer wieder ausgestellt und zu steigenden Preisen verkauft wurden.

Das Portrait selbst zeigte sie, wenn auch künstlerisch verfremdet, als eben die Schauspielerin, die ein einziges Mal die Hauptrolle in einem Film gespielt hatte. Es ging dabei um eine Familiengeschichte, in der sie sich als das unscheinbarste Mitglied einen komplizierten Handlungsstrang entlang bis zur Position des Familienoberhauptes aufschwingen konnte. Der Film hatte viel Beachtung gefunden, da er zu den wenigen gehörte, die zu jener Zeit Frauen einen derartigen beruflichen sowie familiären Aufstieg zugestehen wollten.

Der damals sehr junge Maler hatte sie nach einem Plakat, das auch noch zwanzig Jahre später an der Toilettentür klebte, in dem englischen Tweedkostüm samt Hut, wie nur Engländerinnen ihn trugen, gemalt, wobei man dazu sagen sollte, dass wohl nur Menschen, die sie kannten, dieses Bild als ihr Konterfei erkennen würden, dann jedoch sehr wohl als Spiegelbild ihrer stärksten, aber auch ihrer schwächsten Seiten.

Du bist noch immer Schauspielerin, ließ Amelie in erhöhter Stimmlage ihr von der Malerei analysiertes Gegenüber wissen. Bleib es! Es geht nicht an, auf diese Weise zu verkommen. Geh raus, zeig dich, nimm Kontakt auf!

Ihr fiel ein, dass sie seinerzeit ihre Garderobe, eben dieses Kostüm samt Hut, mitgehen hatte lassen. Ohnehin hätte es nach ihr niemand mehr tragen können.

Amelie, die Schlanke, hatte sie unter Kollegen geheißen, und sie war schlank geblieben. Ganz hinten in ihrem Schlafzimmerkasten fand sie das Kostüm, den Hut und die Schuhe mit den halbhohen Absätzen. Dass sie inzwischen ein wenig geschrumpft war, würde wohl niemandem auffallen.

Was heißt altmodisch und aus der Zeit?, fuhr sie ihr Gegenüber an. Niemand hat Macht über die Zeit. Im Gegenteil, meine Zeit ist viel umfangreicher als die der meisten Menschen, von denen wir heutzutage umgeben sind. Meine Zeit heißt nicht irgendeine Zeit in meinem Leben. Meine Zeit heißt das ganze Leben. Ich weiß, was Veränderung bedeutet, aber auch das Veränderte geschah und geschieht in meiner Zeit, zumindest solange ich lebe. Und ich will leben. Ein Leben leben, das es mir wert ist, gelebt zu werden.

Amelie ging ins Badezimmer und zupfte ihre Haare zurecht. Sie waren mehr weiß als grau geworden, aber es waren immer noch ihre Haare. Und ihre Haut? Runzliger als vor vierzig Jahren, na und! Wozu gab es Schminke? Die dazugehörige Handtasche, befand sie, war wieder im Trend – die ewige Wiederkehr des Gleichen.

Sie beschloss, sich selbst zu gehorchen, das hieß, im Kaffeehaus frühstücken, Zeitung lesen, und zwar in ihrem damaligen Kostüm samt Hut und Schuhen. Irgendjemand würde sie schon erkennen, sie ansprechen, sich mit ihr unterhalten wollen. Es gab genügend Menschen, die damals ins Kino gegangen waren, deren Zeit noch anhielt so wie die ihre.

Sie holte das Geld aus dem Küchenkasten, das sie für die nächste Woche eingeteilt hatte, und steckte es sogleich in die wiedergeborene Handtasche. Sie musste investieren, wenn ihr das Leben lieb war. Sich zeigen, anderen die Chance geben, sich mit ihr anzufreunden. Sie schaute sich in der Wohnung um. Wie viele Jahre hatte sie trotz aller Avancen, Liaisons und Verhältnisse in dieser Wohnung verbracht? Seit ihrer Geburt hatte sie darin gelebt, und vor fünfzig Jahren hatte sie sie von ihrer Mutter geschenkt bekommen, die wiederum zu ihrer Mutter aufs Land gezogen und dort bis zu ihrem Tod geblieben war. Die ganze Zeit über hatte sie, Amelie, in dieser Wohnung gewohnt. Selbst wenn sie für kürzer oder länger anderswo geschlafen hatte, diese Wohnung gehörte schon so lange zu ihrer Zeit, wie die Zeit ihre Wohnung war.

Ich hätte gerne ein weiches Ei, etwas Butter, Marillenmarmelade und zwei Scheiben Schwarzbrot.

Keine Semmeln? Der Kellner wischte die Brösel des Vorgängers von dem runden Marmortischchen.

Keine Semmeln!

Sie holte sich eine Zeitung, hinter der sie verschwinden konnte, wenn sich jemand von ihr beobachtet fühlen sollte. Sie wusste noch von früher, dass in diesem Café auch Künstler verkehrten, und erlaubte sich einen längeren Rundumblick. Als das Frühstück kam, war sie nicht mehr verdächtig, wenn sie den Blick hob, der gleichzeitig einem Salzstreuer gegolten haben konnte.

Einmal Schauspielerin, immer Schauspielerin. Ihr war klar, dass sie sich inszenieren musste, wenn sie bemerkt werden wollte. Der Kellner hatte bereits angebissen. Auch er ein Professioneller. Er nannte sie, ihrem Kostüm gemäß, gnädige Frau und wollte ihr nur dann zu Schinken raten, wenn er dafür garantieren könne, dass er taufrisch sei. Sie fühlte sich von ihm als Persönlichkeit wahrgenommen und er sich von ihr, wenn sie ihn, statt Herr Ober, Herr Eberhard nannte und um eine weitere Tasse Earl Grey bat.

Sie rechnete gar nicht damit, dass es ihr innerhalb der ersten Tage gelingen würde, auf diese Weise jemanden auf sich aufmerksam zu machen, aber irgendwann würde man sie schon als eine Art Ikone wahrnehmen. Das Kostüm trug sie vor allem bei ihrem täglichen Kaffeehausbesuch oder wenn sie sich sonst wo Öffentlichkeit verschaffen wollte, und wechselte nur tageweise die Bluse.

Inzwischen war sie zu einer Vernissage gegangen, natürlich ohne eingeladen zu sein, war aber gewitzt genug, um mit ihrem Auftritt die Frage, ob eingeladen oder nicht, gar nicht erst aufkommen zu lassen. Es war eine Vernissage der Galerie, von der auch die Bilder von Leanders Jugendfreund betreut wurden.

Amelie wollte sich so nebenbei wie möglich über die Preise seiner Bilder informieren, ging ans Buffet, das sich sehen lassen konnte, hörte zu, was die Leute erzählten, und als die Rede auf Leanders Freund kam, mischte sie sich kurz ein und fragte besonders nebenbei, mit welchem Preisniveau man rechnen müsse.

Fünf- bis sechsstellig, meinte ein Mann, hängt davon ab, aus welcher Periode.

Sie lächelte, begab sich zum Dessertteil des Buffets, und als einer der Aushilfskellner mit dem Tablett vor ihr stehen blieb, gönnte sie sich ein zweites Glas Prosecco. Schließlich war sie im Besitz eines Kunstwerks, das ihr dieses neue Leben eine Zeit lang ermöglichen würde.

Aus der Zeit gefallen, sagte ihr Gegenüber, als sie davorstand. Aber schön für dich, dass du wieder unter Leute kommst.

Auf das kannst auch du dich freuen, wenn ich dich an die Galerie verkaufe.

An die Galerie?

Da siehst du mehr Menschen, als wenn ein Sammler dich in seiner Privatsammlung versteckt.

Sie zog sich um, schminkte sich ab und ging in den Supermarkt zwei Straßen weiter, um nach Angeboten Ausschau zu halten.

Mittlerweile war das Frühstück zu ihrer Hauptmahlzeit geworden, mittags und abends hielt sie sich an die alte Sparschiene. Das Bild war noch nicht verkauft, und im Lauf der Woche wollte sie sogar einmal ins Theater, das hieß, dass sie nicht jeden Tag ins Kaffeehaus frühstücken gehen konnte, aber zumindest zwei- bis dreimal die Woche.

Aus einem Caritas-Laden am anderen Ende der Stadt holte sie sich zwei, drei Kleidungsstücke für den Alltag, die halbwegs passabel aussahen, auch ein Paar Schuhe, die ihr passten, hatte sie gefunden, dazu einen Regenmantel, der es ihr ermöglichte, mitsamt ihrem Kostüm auf die Straße zu gehen, wenn es regnete oder stürmisch war.

Es waren etwa zwei Monate vergangen, der Frühling zeigte sich von seiner harmlosen Seite, in den Parks trieben die Bäume aus, und immer mehr Menschen mussten immer mehr Joggern ausweichen oder dulden, dass unbekannte Leute auf der

Bank, die man ausschließlich für sich ausgewählt hatte, Platz nahmen.

Eines Tages hatte Amelie ihr Gegenüber in Öl eingepackt und es in die Galerie gebracht. Die Besitzerin zog ihren Mann, den Experten, hinzu, und als Amelie etwas über einen möglichen Verkaufspreis wissen wollte, wiegten beide den Kopf. Es sei, hieß es, lange vor der besten Periode des Künstlers entstanden, sozusagen ein Jugendwerk, für das sich wahrscheinlich nur echte Liebhaber und Sammler interessieren würden. Der Experte warf noch einmal einen intensiven Blick auf das Bild, dann auch auf sie und ihr Kostüm, setzte zu einer Frage an, sprach sie aber nicht aus und meinte, es würde wohl eine Weile dauern, bis sich ein Käufer fände, aber für unmöglich hielte er es nicht. Sie könne das Bild gerne hierlassen (natürlich nicht ohne Vertrag), damit man es potenziellen Käufern zeigen könne.

Plötzlich überkam sie eine große Aussichtslosigkeit. So wie das Kaffeehaus nicht geholfen hatte, würde auch diese Chance sich verlieren. Wenn sich schon sonst niemand mit ihr anfreunden wollte, würde sie sich wenigstens mit ihrem eigenen Gegenüber unterhalten wollen.

Sie schlug vor, ein Foto von dem Bild zu machen und sie zu verständigen, wenn jemand Interesse zeige. Ansonsten würde sie das Bild doch noch lieber selbst genießen können.

Vorsichtig fragte der Experte, ob sie weitere Werke des Künstlers besitze.

Sie nickte vage und fügte hinzu, dass es ihr schon schwer genug fallen würde, sich von diesem Bild zu trennen.

Der Experte ließ einen Augenblick lang Interesse erkennen, hielt sich dann aber bedeckt und schrieb ihre Telefonnummer auf. Sie hören von uns, wenn es etwas gibt.

Eigentlich war sie der Maskerade längst müde. Der Versuch war gescheitert, das Kostüm wirkte abgetragen, und der Hut war an der Innenseite schmuddelig geworden. Sie hatte vorsichtig versucht, die Stellen zu reinigen, was aber nicht gelang. Zu viele abgefallene Hautzellen ihres Kopfes hatte das Hutband bereits eingesogen. Auch die Handtasche wetzte sich an ihr und dem rauen Tweed unaufhaltsam ab.

Sie hatte mit dem Frühstück im Kaffeehaus beinah aufgehört, ging noch höchstens einmal die Woche hin, und das auch nur, weil Herr Eberhard sich um ihre Gesundheit besorgt zeigte, während sie ihm vorlog, einen Enkel betreuen zu müssen, der lieber in den Park ginge als mit ihr ins Kaffeehaus.

Liebe gnädige Frau, sagte Herr Eberhard, das kann ich nur zu gut verstehen, auch ich habe Enkel, ein Zwillingspärchen, äußerst lebhaft, beide.

Sie musste an Linus denken. Er hatte diese Welt wohl schon viel früher verstanden als sie und sich gar nicht erst darauf eingelassen. Wahrscheinlich hatte er sich dabei nicht einmal einsam gefühlt. Auch eine Methode, sich vor Schmerz zu schützen. Es gab keine Anzeichen, dass er darunter gelitten hätte, keine Schulfreunde zu haben. Hatte Lea am Ende gewusst, was mit ihm los war, und ihn vor Therapien, die nichts bringen würden, oder anderen forcierten Korrekturen schützen wollen, darunter auch vor ihren, Amelies, Ratschlägen?

Und Leander? Was um Himmels willen war in seinem Kopf vorgegangen? Er, der alles auf einmal haben wollte, und das sofort, dabei war er noch so jung, keine vierzig, als er starb. Lea hatte ihn offenbar in all dem bestärkt. Sie selbst vermutete manchmal, dass ihn alles, was er erreicht hatte, schon wieder langweilte. Eine Spielernatur? In Wirklichkeit war sie nie schlau geworden aus ihm.

Amelie saß auf einer Bank und versuchte etwas zu sehen, was es nicht gab. Sie atmete die warme Luft, die ihren ganzen Körper umfing, ein und gab sie kurz darauf mit einem sanften Stoß wieder zurück. Solange es so weiterging, Luft rein, Luft raus, war sie am Leben. Vögel querten ihren Blick, aus deren Schnäbeln die Flügel von anderen Lebewesen hingen. Eine Krähe protestierte von einem noch kahlen Ahorn herab gegen ihre schwarze Handtasche, weil sie sie – wie ein Ornithologe in der Wissenschaftsbeilage einer Zeitung behauptet hatte – wahrscheinlich für eine von ihr gefangene Krähe hielt.

Ein Kind mit einem Welpen an der Leine fiel über einen vom letzten Sturm abgebrochenen Ast. Der Welpe hielt es für ein Spiel, hüpfte auf das Kind und kläffte in hohen Tönen, wobei er mit dem Schwanz wedelte.

All das würde auch geschehen, wenn sie nicht mehr atmete, und von anderen gesehen, die dann auf dieser Bank säßen. Sie würde niemandem fehlen, nicht einmal dem Herrn Eberhard, der zu seinen Stammkunden so nett war. Sie würde sich an nichts erinnern müssen, keine Vorkehrungen mehr zu treffen und sich keine Vorwürfe mehr zu machen haben. Es wäre immer noch Luft um sie herum, mit dem entsprechenden Sauerstoffgehalt, der sie Schicht um Schicht zersetzen würde.

Jetzt sterben, vielleicht noch ein letzter Japser, der anzeigt, dass nichts mehr funktioniert, dann, von der Banklehne gestützt, einfach aufhören zu atmen und sitzen bleiben, bis jemand die Rettung alarmierte, zu spät natürlich. Solche Fälle soll es immer wieder geben. Dem Stiefvater einer ihrer Schulfreundinnen war es so ergangen. Die Mutter hatte ihm gerade etwas Komisches erzählt und bemerkte erst, was passiert war, als er nicht darüber lachte.

Bist du es, oder bist du es nicht?, sagte jemand. Sie hatte die Augen geschlossen, um nicht in die Sonne schauen zu müssen, die sie blenden würde. Erst als sie die Augen wieder aufmachte, merkte sie, dass dieser Satz ihr gegolten hatte.

Amelie, die Schlanke, wenn mich nicht alles täuscht. Erinnerst du dich nicht? Wir waren bei »Kein Engel vor meiner Tür« im selben Set.

Sie sah genauer hin. Der sich breitmachende Bart irritierte sie ein wenig.

Du in der Hauptrolle, ich dein Ex, der versucht hat, als schwacher Mann hinter einer starken Frau zu überleben. Das waren noch Zeiten! Ich habe dich an deinem Kostüm erkannt, ein Zitat ohne Wortlaut. Und als sie noch immer nichts sagte, fragte er: Darf ich? Und setzte sich, ohne die Antwort abzuwarten, zu ihr auf die Bank.

Daniel? Sie blinzelte. Die Sonne konturierte unbarmherzig sein Gesicht. Verlebt, dachte sie, einfach verlebt. Seine Kleidung wirkte leger, um nicht zu sagen, schlampig, weniger verdreckt als zerbeult. Ohne seine Stimme hätte sie ihn wohl nicht erkannt.

Er nahm sich ein wenig zurück. So sieht man sich also wieder …

Sie nickte. Und wie geht's?

Schau mich an, dann weißt du es. Und du? Was ist mit dir?

Sie zeigte mit der Hand auf ihren Hut und strich

dann mit den Fingern über ihr Kostüm. Sie hatte keine Lust mehr auf Inszenierung. Er sollte sich ruhig ein Bild von ihr machen, ein einigermaßen stimmiges. Eine Schauspielerin, die ihr altes Kostüm trug, um erkannt zu werden.

Erzähl mir von dir. Sie bot ihm ein Stück Schokolade an, das sie bei ihrem letzten Kaffeehausbesuch nicht gegessen, sondern in die Handtasche gesteckt hatte. Er nahm es, löste es langsam aus der Miniverpackung, legte es sich auf die Zunge und wiegte andeutungsweise den Kopf: Im Telegrammstil?

Wenn dir das lieber ist.

Frau gestorben, Tochter in den USA mit so vielen Kindern, dass sie es sich nicht leisten können, mich zu besuchen. Rente reicht nicht, keine Ersparnisse, als Typ nicht mehr gefragt, irgendwann falsch abgebogen. Jetzt bist du dran.

Familie verstorben, Rente reicht kaum, ohne nennenswerte Ersparnisse, keine Rollen mehr, nicht einmal als Sprecherin.

Plötzlich lachten sie beide.

Völlig abgewirtschaftet, liebe Amelie.

Ohne Mann und Maus gekentert, lieber Daniel. Keine Abenteuer mehr, nur noch sterben. Sie sog die Luft hörbar ein. Wäre doch ein guter Platz hier in dieser angenehmen Luft.

Mir wäre für diesen Fall eher nach Bett.

Sie konnten sich kaum halten vor Lachen.

Mein Vermögen vermache ich der UNO, so Daniel im hohen Ton, die soll zurzeit schlecht bei Kassa sein.

Und ich vererbe an den Klimafonds, damit mir unter der Erde nicht zu heiß wird.

Komödianten auf einer Freilichtbühne.

Sie konnten nicht aufhören, einander Geschichten zu erzählen, Geschichten von früher, ihre Geschichten, die sie schon vorzeiten zurechtgeschliffen und erzählt hatten, anderen erzählt hatten. Geschichten zum Lachen, Geschichten von den Bühnen, die sie bespielt hatten, Geschichten über Kollegen, Geschichten, die ihr Sosein erklären sollten, wahre Geschichten, die mitunter den Anklang an Literatur atmeten. Vor allem solche, die von Niederlagen sprachen, wobei die Niederlage der Gescheiterten sie erst recht zu Heroen machte.

Als die Sonne kurz vor ihrem Verschwinden noch etwas Rot abgab und Amelie zu frösteln begann, erhob sich die Frage, was tun? Hier im Park konnten sie nicht bleiben.

Wir sollten etwas essen und uns ein Glas gönnen, meinst du nicht, Amelie?

Und Amelie fragte geradezu kokett: Bei dir oder bei mir?

Du würdest gar nicht sehen wollen, wie ich wohne. Wie du weißt, war ich immer schon Chaot.

Ich habe noch die alte Wohnung, aber, um die Wahrheit zu sagen, so gut wie nichts zu Hause.

Das übernehme ich. Irgendeinen besonderen Wunsch?

Sie schüttelte den Kopf: Ich esse am Abend nur ganz wenig.

Mir fällt schon etwas ein, verlass dich drauf!

Es stellte sich heraus, dass er gar nicht so weit von ihr entfernt wohnte: Geh du ruhig schon nach Hause, ich komme nach.

Sie ging schneller, um sich aufzuwärmen, lächelte vor sich hin und atmete ein paar Mal tief ein. Es hatte sie doch noch jemand erkannt, ihre Schritte waren beinah beschwingt.

Zu Haus zog sie das Kostüm aus, verräumte es und ersetzte es durch ein Kleid, auch nicht mehr das jüngste, jedoch in einer Farbe, die ihr zu Gesicht stand.

Nachdem sie gedeckt hatte, fand sie auch noch eine Flasche Wein aus Leanders Beständen. Wein war etwas, was sie nur in Gesellschaft trank, daher war die Flasche nie geöffnet worden.

Es läutete. Daniel stand vor der Tür und strahlte, als trüge er einen Heiligenschein, bepackt mit verschiedenen Lebensmitteln, die er sich, mangels Tragtasche, unter die Arme geklemmt hatte oder mit den Händen festhielt. Er legte alles auf die Anrichte: Worauf immer du Lust hast! Dann die beinah intime Frage: Könnte ich mich bei dir duschen? In meiner Bleibe ist der Boiler kaputtgegangen.

Sie zeigte ihm das Regal mit den Hand- und Badetüchern: Bedien dich!

Sie richtete an und inspizierte die Packungen Stück für Stück, sah sofort, dass sie entweder kurz vor dem Ablaufen oder ein bis zwei Tage darüber waren, aber das schreckte sie nicht, sie kaufte selbst meist vor Kurzem Abgelaufenes. Bei einigen Dingen stutzte sie, wie bei den Mandarinen im Netz, die ihr irgendwie beschmutzt vorkamen, aber als sie sie wusch, waren es nur ein oder zwei, die eine Art Matsch auf den anderen hinterlassen hatten.

Für einen Augenblick dachte sie, er habe das alles aus einem nicht versperrten Abfallcontainer eines Supermarkts geholt. Und wenn schon. Sie beruhigte sich damit, dass alles, ob taufrisch, wie Herr Eberhard zu sagen pflegte, oder nicht, jedenfalls essbar war. Sie hatte sich lange schon mit niemandem mehr so gut unterhalten wie mit Daniel. Er hatte sogar Witz, was ihr seinerzeit gar nicht aufgefallen war (oder waren die anderen witziger gewesen?), Witz und eine anheimelnde Stimme. Sie hatte ja nichts zu verlieren.

Als er aus dem Bad kam, hatte er ein rotes Gesicht, nasse Haare und einen nassen Bart. Sogar die Nägel hatte er sich geschnitten. Es schien, als sei alle Last von ihm abgefallen. Er schlug sich in die

Hände und drehte dabei zwei bis drei Runden, so als tanze er.

Auf geht's, lass uns schlemmen! Als er die Flasche Wein sah, hob er sie auf und studierte das Etikett: Kann sich sehen lassen. Darf ich?

Du musst! Wieder begannen sie zu lachen.

Sie aßen, so viel sie essen konnten, tranken dazu, tischten nicht nur kalte Platten, sondern weiterhin heiße Geschichten auf, und als es keinen Wein mehr gab, rückte Amelie auch noch mit dem Rest Whisky aus der ewigen Flasche heraus.

Sie waren beide beschwipst, beschwipst und müde, so viel an Zweisamkeit hatten sie seit einer Ewigkeit nicht mehr erfahren.

Irgendwann stand Daniel auf, schwankte ein wenig, und sein Gesicht war ziemlich blass geworden. Er verbeugte sich: So ein gelungener Abend, hoffentlich finde ich zurück in meine Gruft. Er lachte angestrengt. Amelie wollte ihn so nicht gehen lassen, schon gar nicht schwankend, und er schien erleichtert, als sie ihm anbot, hier bei ihr zu übernachten.

Er umarmte sie, und sie ließ es geschehen. Auch sie fühlte sich ein wenig überanstrengt, wenn auch ohne Beschwerden.

Als sie aus dem Badezimmer kam, saß er nackt auf ihrem Bett. Er habe keinen Pyjama dabei und hoffe, dass es sie nicht störe.

Auch sie zog sich aus und legte sich zu ihm. Es war kühl im Schlafzimmer, verglichen mit der Wärme im Wohnzimmer.

Zwei Robben an Land, ungeschickt in ihren Bewegungen, die unartikulierte Laute von sich gaben.

Amelie erwachte im Ergrauen eines feuchten Frühlingsmorgens, soweit sich das durch den Spalt zwischen zwei Vorhanghälften erkennen ließ. Ihre Blase war dermaßen angespannt, dass sie, ohne Licht zu machen, in die Toilette stolperte. Während sie saß und sich seufzend erleichterte, begann sie, sich an den vergangenen Tag und wie er geendet hatte, zu erinnern. Sie konnte sich ein Lächeln nicht verkneifen. In dem Alter ... Dabei war sie sich nicht einmal sicher, ob sie wirklich oder ob sie sich nur ganz eng aneinandergeschmiegt hatten. Jedenfalls hatte sie geschlafen, ganz fest. Seit einiger Zeit traute sie sich selbst nicht mehr so ganz, es war schon öfter vorgekommen, dass sie am Morgen etwas für real geschehen hielt, das sie jedoch, wie sich so nach und nach herausstellte, geträumt hatte.

Was immer geschehen oder nicht geschehen war, in ihrer Erinnerung würde es als positiv erhalten bleiben. Was spielte es da noch für eine Rolle, ob sie es auch tatsächlich erlebt hatte?

Sie ging ins Badezimmer, wusch sich, putzte die Zähne, schlüpfte in den Bademantel und danach in die Küche. Um dieser Nacht noch die Kirsche aufzusetzen, wie es in einer Fernsehwerbung hieß, wollte sie Daniel das Frühstück ans Bett bringen. Ihrer Meinung nach war er genau der Mann, der so etwas zu schätzen wusste.

Es herrschte Zwielicht im Zimmer, sie stellte das Tablett auf der Kommode ab und zog einen der Vorhänge ein wenig zur Seite. Daniel lag bewegungslos im Bett.

Bist du schon wach? Ich hoffe, du magst Kaffee und nicht Tee zum Frühstück, aber wenn du lieber Tee möchtest …

Sie zog die Vorhänge zur Gänze auf und sah, als sie sich ihm zuwandte, dass er die Augen offen hatte.

Gut geschlafen? Er antwortete nicht, sie rüttelte ihn an der Schulter und konnte nicht glauben, was sie sah und spürte.

He, Daniel, demnächst scheint vielleicht sogar die Sonne. Lass uns frühstücken und dann wieder in den Park gehen. Obgleich sie begriffen hatte, sagte sie noch einmal: Wach auf, Daniel! Wach doch endlich auf! Und sie berührte seine Hände.

Plötzlich hatte sie Angst vor diesem toten Körper. Dann überwand sie sich und zog seine Lider über die Pupillen.

Warum ausgerechnet in meinem Bett, Daniel?

Sie zog sich langsam an, nahm das Tablett wieder mit in die Küche, schenkte sich automatisch Kaffee ein, aß ebenso automatisch ein Stück Brot. Als sie sich dessen bewusst wurde, ging sie eine Weile in der Küche auf und ab und dann weiter ins Wohnzimmer.

Warum ausgerechnet in meinem Bett?, fragte sie ihr Gegenüber.

Weil er kein anderes hatte! Sie hob den Arm und wischte sich das Gesicht mit dem Ärmel.

Und was jetzt?

Was man in so einem Fall tun muss. Telefonieren, seinen Ausweis finden und so weiter.

Im Augenblick fiel ihr nicht einmal sein Nachname ein. Sie ging zurück ins Schlafzimmer und suchte in seinen Sakko- und Hosentaschen. Eine Brieftasche fiel zu Boden. Geld war keines drin, aber zumindest die Identitätskarte. Daniel Herzog, geboren 1948.

Sollte sie versuchen, ihn anzuziehen?

Sie wollte ihn aufrecht hinsetzen. Mit einem Mal hatte sie das Gefühl, ohnmächtig zu werden. Als sie wieder halbwegs bei Sinnen war, versuchte sie es noch einmal, ohne ihn bewegen zu können, und gab auf.

Sie musste anrufen, bei der Polizei, beim Notdienst, beim Roten Kreuz? Ganz egal, ob Daniel angezogen war oder nicht. 144 die Rettung, sie glaube, dass der Mann in ihrem Bett tot sei. Sie musste an drei verschiedenen Stellen ihren Namen und die Adresse nennen. Man würde demnächst vorbeikommen.

Du weißt, sagte ihr Gegenüber, was jetzt auf dich zukommt. Du kannst gar nicht aufgeben, selbst wenn du es möchtest.

Sie ging zurück zu Daniels Leiche und versuchte es noch einmal. Zumindest die Hose sollte er anhaben, wenn sie ihn holten. Das war sie ihrem Traum allemal schuldig.

DIE KATZE, DIE IM SPRUNG GEFROR

Der Bach grün, der Schnee weiß, der Himmel blau. Wieder einmal ein unbeständiger Winter. Gestern Schneetreiben, heute Klarsicht mit Frühlingstemperaturen, für morgen hieß es Regen mit Sturmböen. Paula hatte alles im Haus, was sie für die nächsten Tage brauchte, zum Heizen, zum Kochen und zum Fressen für Logo und Bianca.

Die Weiden hatten längst ausgetrieben, gewiss hielten die Palmkätzchen nicht bis Ostern, der Palmsonntag würde bloß noch gelbe Brösel auf dem davor weißen Pelz sehen.

Bianca stand schon draußen und gab Laut. Paula schloss die Tür, steckte den Schlüssel in die Manteltasche: Auf geht's! Beide fingen sie gleichzeitig zu gehen an, den halbaperen Weg durch die Futterwiese, vorbei an den wenigen verbliebenen Obstbäumen, an deren Schatten etwas Schnee klebte, weiter in Richtung Felder, solange der stählerne Lattenzaun noch nicht fertig war. Eine Bauhütte gab es bereits, doch des launischen Wetters wegen war die Errichtung hinausgeschoben worden.

Bianca erleichterte sich, entdeckte einen Apfel, den der letzte Sturm ausgerechnet unter den einzigen Birnbaum gerollt hatte. Einen Apfel mit schwarzen Punkten, aber ohne faulige Flecken. Bianca biss hinein, die eine Hälfte fiel zu Boden, die andere wurde von ihren Zähnen zermalmt.

Paula bückte sich nach der gefallenen Hälfte, sah nach, ob sie um die Kerne herum faulte, aber Bianca schnappte sofort danach und fraß sie so schnell, dass sogar etwas Saft in ihr Bärtchen lief. Ihr weißes Fell sammelte Sonnenstrahlen, der Glanz ging über in ein Leuchten, das selbst Licht abgab, einen sogenannten hellen Schatten, der auf der weißen Bautafel Paulas Brille widerspiegelte. Ihr war erst jetzt bewusst geworden, dass sie die Lesebrille noch aufhatte, und sie steckte sie in die andere Manteltasche, die mit dem Taschentuch.

Bald würde sich das Gehen über die Felder aufhören, nicht bloß wegen dem Zaun, sondern überhaupt. Vorerst waren sechs riesige Treibhäuser geplant, die aus dem Wasser vom großen Bach gespeist werden sollten. Sechs Hallen in Reih und Glied für Tomaten, Gurken, Zucchini und Paprika. Dazwischen kein Gras oder so gut wie kein Gras mehr. Die Wege mussten auch bei Regen begehbar, vor allem befahrbar sein, ohne Unebenheiten. Die Arbeiter sollten rasch mit den kleinen Elektrofahrzeugen die Leergebinde rein- und die vollen Kisten rausbringen können.

Bianca knabberte an einem Ast, der so weit vom Baum herunterhing, dass sie sich nur kurz auf die Hinterbeine stellen musste, um ihn abzureißen. Paula schaute ihr eine Weile dabei zu und schubste sie: Komm, wir gehen über die Felder bis zum Bach hinüber. Bianca zog den Ast eine Zeit lang mit, ließ ihn dann aber liegen.

Als sie zum Bach kamen, hörten sie Schulkinder, die nach den Enten Ausschau hielten, um sie mit den nicht gegessenen Pausenbroten zu füttern, bevor sie nach Hause Mittag essen gingen.

Die Pauli mit der Geiß, die Pauli mit der Bianca, schrien sie. Früher einmal hatte eins der Kinder sie gefragt, ob sie eine Hexe sei, da war auch Logo, schwarz wie Ebenholz, mitgekommen. Sie hatte mit: Wer weiß? geantwortet. Wenn ihr mir ein paar Warzen und einen Besen bringt, vielleicht!

Die Kinder winkten ihr, lachten und meckerten, bis der rauschende Bach ihre Stimmen schluckte.

Sie war die zweite Frau, die ohne Kind. Die mit Kind war ihm weggelaufen, schon als Benni noch keine zwei Jahre alt war. Valentin hatte sich Bea aus der Landeshauptstadt geholt, sie aber wollte nach drei Jahren dahin zurück. Später, zu Paulas Zeit, kam sie öfter mit Benni zu Besuch, damit es nicht hieß, sie wolle ihm Benni entfremden. Während Valentin mit Benni in den Stall und auf die Felder ging und ihm die Welt, die ländliche Welt, erklärte, blieben Bea und Paula auf der Hausbank sitzen, tranken Kaffee und aßen, was Paula gebacken hatte. Auch sie kam aus der Landeshauptstadt, also hatten sie genügend Gesprächsstoff, vor allem wenn Paula wissen wollte, wie und was sich alles verändert hatte. Nur dass sie, im Gegensatz zu Bea, nicht zurückwollte.

Bea war eine sympathische, offenherzige Frau, und als sie darauf zu sprechen kamen, warum sie Valentin verlassen hatte, meinte sie, dass seine Liebe ihr zu anstrengend gewesen sei. Dieses andauernde Zusammensein habe sie auf die Dauer nicht ausgehalten. Selbst während der Arbeit sei er immer wieder auf einen Sprung vorbeigekommen, angeblich wegen Benni, und zum Mittagessen sowieso. Sie brauche Zeit für sich, drum würde sie auch nimmer heiraten. Freund ja, aber heiraten, nein.

Sie, Paula, hatte diese Liebe ausgehalten, sich an sie gewöhnt und sie schmerzhaft vermisst, als es Valentin nicht mehr gab. Ja, er war für das andauernde Zusammensein, mit Körper und Seele: Es ist unsere Zeit, wann dann, wenn nicht jetzt, wo wir einander haben. Es gibt kein Später, auf das man sich verlassen kann.

Es gab kein Nachthemd, keinen Pyjama. Ich wärme dich besser, sagte er und schloss sie in die Arme, selbst im Schlaf. Sie brauchte eine Weile, um dieses viele Haut-an-Haut zu mögen. Er roch an ihr wie die Katzen, mit denen sie lebten. Auch die beschnupperten sie immer, um sich zu vergewissern, dass sie es war, leckten an ihren Fingern und stießen sie mit dem Kopf, wenn sie gestreichelt werden wollten. Sogar die Tiere im Stall berührten sie und wollten von ihr berührt werden. Und nicht genug damit, die Katzen, die Valentin ins Haus brachte, imprägnierten nicht nur sie und Valentin mit ihrem eigenen Geruch, sie rieben ihn sogar auf die Möbel, die Decken, die Kissen. Manchmal hatten sie bis zu drei Katzen im Haus, aber zum Schluss gab es nur noch eine, Logo, den rabenschwarzen Vogeljäger, der gleichzeitig mit Bianca ins Haus gekommen war. Es sei nur *logisch*, Katzen zu haben. Wo immer ein Stall sei, gebe es Mäuse, Ratten und so weiter, sagte Valentin.

Immer, wenn er nach Hause kam, wusch er sich gründlich, und dennoch konnte sie ihn an sich riechen. Und mit der Zeit dachte sie, sein Geruch würde sie schützen, während er noch kurz vor dem Einschlafen sein Gesicht an ihrem Nacken rieb und hmmm flüsterte.

Er hatte ihr nie vorgeworfen, dass sie keine Kinder bekommen konnte, und sie konnte verstehen, warum Benni ihm so viel bedeutete.

Als Benni alt genug war, kam er an jedem zweiten Wochenende alleine mit dem Bus, freute sich auf die Tiere und ließ sich von seinem Vater einiges beibringen. Zum Beispiel, wie man ein Hochbeet zimmert und es richtig befüllt oder eine Kuh mit der Gerte lenkt.

Die drei Kühe, die es noch gab, als Paula bei Valentin eingezogen war, wurden später durch zwei Pferde ersetzt, und Valentin brachte ihr und Benni das Reiten bei.

Die Pferde rochen besser als die Kühe. Valentin hatte ihr zum Geburtstag ein Paar Westernstiefel und einen Hut, wie ihn Cowboys tragen, gekauft, was ihr im Dorf den Spitznamen *Cowgirl* eintrug.

Die Pferde mussten jeden Tag bewegt werden, und so ritten sie und Valentin bei gutem Wetter abends bis zur Waldgrenze und wieder zurück, was den Pferden guttat, nach einem langen Tag in der Koppel.

Keine Rede davon, dass sie nie miteinander gestritten hätten, und ob. Als Valentin die Landwirtschaft von seinen Eltern übernommen hatte, war sie schon nicht mehr rentabel. Valentin hatte die Höhere Technische Lehranstalt (HTL) absolviert, und nachdem er sich eine Zeit lang in der Landeshauptstadt herumgetrieben hatte, unschlüssig, ob er Ganzzeit- oder Nebenerwerbsbauer werden wollte, wurde er von seiner Heimatgemeinde als Gemeindearbeiter angestellt, sozusagen als Mann für alles, ohne sich dafür überanstrengen zu müssen, denn die Gemeinde war klein und noch dazu im Schrumpfen.

Sie, Paula, hatte sich ihr Verkäuferinnendasein anders vorgestellt und gab es gerne für Valentin und ein Leben auf dem Lande auf.

Erst arbeitete sie sich an den Kühen ab, die für sie Geschöpfe von einem anderen Stern waren, und hätte gerne etwas Einträgliches daraus gemacht. Aber als sie so weit war und sogar das Melken erlernt hatte, waren die Kühe dann doch schon zu alt.

Was mit ihnen tun? Sie redete vom Schlachthof, Valentin davon, dass sie noch immer zu ihnen gehörten. Sie sprach sich heimlich mit dem letzten verbliebenen Fleischhauer des Dorfes ab, doch selbst der wollte es nur ihr zuliebe tun, weil sie so eine Fesche war, die überall mit anpackte, obwohl sie aus der Stadt kam.

Valentin tobte, vom Nachmittag bis zum Abend, und beruhigte sich erst, als sie schlafen gingen.

Dann kamen die Pferde, purer Luxus, aber sie mähten sozusagen die Felder, und was sie den Sommer über nicht fraßen, wurde zu Heu für den Winter.

Trotz aller Arbeit, die sie in Haus, Hof und auf den Feldern verrichtete, wollte sie die Freiheit, nirgendwo angestellt zu sein, auch nutzen. Sie begann Gemüse zu ziehen, lernte schnell, was auch dem Klima geschuldet war, und nach drei Jahren erfolgreicher Praxis nahm sie sich vor, den Überschuss auf den Wochenmärkten in der Gegend zu verkaufen.

Obwohl sie schon seinerzeit als Verkäuferin einen Führerschein gemacht hatte, traute Valentin ihr nicht zu, ohne seine Hilfe ihre Kisten zum jeweiligen Stand zu bringen, und so fuhr er sie in aller Früh hin und holte sie gegen Mittag wieder ab.

Eines Tages, als er noch schlief, nahm sie den Autoschlüssel und fuhr alleine zum Markt. Als Valentin es bemerkte, zürnte er ihr aus Besorgnis über ihre Eigenmächtigkeit ein ganzes Wochenende lang. Sie blieb gelassen, argumentierte mit Vernunft und bezichtigte ihn des Mangels an Vertrauen.

Vertrauen?, schrie er, in eine, die sich heimlich meinen Autoschlüssel nimmt?

Sie suchte ein besonders schlagkräftiges Wort zur Beschreibung und behauptete, das einzig Gefährliche an der Sache sei seine *Rostlaube*, die an allen Ecken und Enden Schwachstellen aufweise. Dann legte sie das Geld, das sie an besagtem Tag verdient hatte, auf den Tisch. Vielleicht solltest du mit deinem Auto einmal in die Werkstatt fahren.

Mit den Pferden, auch nicht mehr die Jüngsten, als sie in den Stall kamen, tauchte dasselbe Problem auf wie mit den Kühen. Doch es gab keinen Fleischhauer mehr im Dorf, der daraus noch etwas hätte machen können.

Da sie beide an den Pferden hingen, bekamen die das Gnadenbrot, solange sie noch auf die Weide konnten, und wurden danach einem Privatzoo zur Tierkörperverwertung übergeben.

Benni war zu dieser Zeit bereits in der Oberstufe des Gymnasiums und hatte ein Fulbright-Stipendium für Amerika bekommen. Nach all den Jahren kam Bea wieder einmal zu Besuch und sprach von nichts anderem, als wie begabt Benni sei. Valentin strahlte vor sich hin, und Bea führte ins Treffen, dass eine wirklich gute Ausbildung eben auch etwas koste. Sie könne ihn nicht weiter unterstützen, in der Stadt zu leben sei teuer und ihr Job nicht gerade der lukrativste.

Bald danach begann Valentin die ersten Felder zu verkaufen. Was gar nicht so einfach war, denn wer wollte schon Felder in diesem gottverlassenen Dorf, in dem es nicht einmal mehr einen Fleischhauer gab? Es endete damit, dass die Gemeinde zögerlich, und nicht ohne Hintergedanken an zukünftige Geschäfte, sie nach und nach kaufte. Sie, Paula, wusste genau, was sie wert wären, würde jemand aus der industriellen Landwirtschaft zugreifen.

So ging das über die Jahre, weil für Bennis Zukunft Geld gebraucht wurde. Und als er dabei war, sein Doktorat zu machen, und schon von einer möglichen anschließenden Habilitierung phantasierte, ergab sich die Bleibefrage, die Wohnung seiner Mutter war nicht einmal groß genug, um alle seine Bücher darin unterzubringen.

Selbst wenn Benni allein zu Besuch kam, sprach er von seinem Weiterkommen. Er erzählte von Reisen, die er zur Erforschung gewisser Tierarten, vor allem von Käfern und Spinnen, unternehmen müsse, was Paula die Gänsehaut auftrieb. Aber Benni war Benni, und er hatte sich genau den Studienzweig ausgesucht, für den Valentin sich begeistern konnte, auch wenn es nicht gerade Käfer und Spinnen hätten sein müssen. Also kam das nächste Feld dran. Und Valentin sagte zu Paula: Haben wir nicht alles, was wir brauchen? Es geht uns doch nicht schlecht.

Sie war nicht so sorglos wie Valentin. Ihr war klar, dass auch das Haus an der Dorfstraße, in dem sie wohnten, einmal drankommen würde. Man munkelte, dass im Dorf, wo es bald auch keinen Greißler und keine Drogerie mehr geben würde, eine Art Supermarkt angedacht war, so sich einer der bekannten Konzerne mit einer Filiale hierherlocken ließe, in dem die verbliebenen Dörfler dann alles, was sie zum Leben brauchten, kaufen konnten.

Paula überlegte lange, bis sie begann, Valentin Schritt um Schritt eine bestimmte Richtung vorzugeben. Weißt du, dieses Haus ist viel zu groß für uns. Allein das Putzen, das Heizen, das Treppensäubern ... Dazu all die alten Geräte, die viel zu viel Strom verbrauchen. Vergiss nicht, da haben deine

Großeltern, deine Eltern, zwei Tanten und letztlich auch du gewohnt.

Doch nicht alle auf einmal! Valentin hielt sich den Kopf. Er begriff, dass sie auf etwas hinauswollte, war sich aber nicht sicher, worauf.

Sie blieb eine Weile ziemlich vage, dann fing sie an, vom Ausgedingehaus zu reden, das zwar von Grund auf renoviert werden müsse, aber dann viel *nachhaltiger*, ein Wort, das auch Benni öfter im Mund führte, in Bezug auf den Energieverbrauch wäre.

Es dauerte ungefähr ein Jahr, von ihr aus gesehen, bis sie ihn so weit hatte und er die Sache mit dem Ausgedingehaus für eine gute Idee hielt.

Natürlich sei es gescheit, wenn man schon bauen wolle, zu bauen, solange man noch Geld verdiene und stark genug sei, das meiste selbst anzugehen.

Als Benni nach einem längeren Aufenthalt an einer schottischen Universität zu Besuch kam, wurde bereits an dem Ausgedingehaus, das sie nur mehr das kleine Haus nannten, gebaut.

Und was macht ihr mit dem großen?, war Bennis erste Frage.

Valentin zuckte die Schultern, und Paula musste an sich halten, um nicht mit dem Gerücht über die Supermarktfiliale herauszuplatzen.

Und ich hatte gehofft, dass du mich bei meiner Forschungsreise im Amazonasgebiet unterstützen

würdest, Papa. Sie könnte ein Meilenstein werden.

Mittlerweile hatte Valentin genügend Begeisterung fürs Bauen entwickelt, dass er meinte, zurzeit nichts versprechen zu können. Aber demnächst wolle man an der Stelle des großen Hauses
eine Supermarktfiliale errichten, und dafür würde
man genau das Grundstück, auf dem ihr altes Haus
stehe, brauchen. Wenn dann das kleine Haus fertig
wäre, würde er wieder mit sich reden lassen.

Paula fiel beinah von der Bank. Er wusste also,
was geschehen würde, obwohl er nie darüber gesprochen hatte. Man lernt nie aus, dachte sie, nicht
einmal bei einem Menschen, mit dem man an-
dauernd zusammen ist.

Benni schien ein wenig verunsichert, offenbar
fiel ihm Valentins neuer Ton auf.

Der Amazonas läuft dir nicht davon, Benni. Der
ist schon so lange am selben Ort und wird es auch
noch ein paar tausend Jahre bleiben.

Er hat uns nicht einmal zu seiner Promotion eingeladen, sagte Valentin, als Benni schon aus der Tür
war. Immer nur erzählt davon. Erzählt und erzählt.
Danach kam lange nichts mehr über Benni.

Du hättest Baumeister werden sollen, sagte Paula
jeden Abend Valentins gesamten Urlaub hindurch
und auch noch an den Wochenenden, während das
kleine Haus umgebaut wurde.

Sein Rücken krümmte sich immer mehr, aber er lächelte: Maurer, Zimmermann, Installateur und Anstreicher in einem. Mir ist von der HTL schon einiges geblieben, und was ich nicht mehr weiß, wissen die Kumpel vom Bauhof.

Sie durfte entscheiden, ob die Verschalung dunkel, hell oder natur werden sollte, wie die Farbe der Fensterrahmen und des betonierten Sockels sein und wie groß das Waschbecken, die Wanne und die Duschkabine werden durften, damit die Waschmaschine noch Platz fand.

Wie schon zu Zeiten der Großeltern gab es kein Wohnzimmer, dafür eine Wohnküche mit der gepolsterten Eckbank vom großen Haus und zwei Sesseln, ebenfalls von dort. Das Naturholz an den Wänden über der Eckbank und das dreieckige Brett darüber wurden farblos nachlackiert. Was früher als Herrgottswinkel diente, war erst zum Platz des Radios geworden und danach dem des Fernsehers.

Da es weder Keller noch Dachboden gab, wurde ein zweiräumiger Schuppen angebaut, in den vielleicht einmal der Hühnerstall übersiedelte, denn sobald das große Haus abgerissen werde, würde auch der Stall daneben dran glauben müssen.

Seit gebaut wurde, ging Valentin jeden Abend mit seinen Helfern zum Stammtisch beim Kirchenwirt, trank mit ihnen zwei, drei Glas Bier, während sie darüber sprachen, wer wann für eine Arbeit

Zeit habe und wie man das Baumaterial am besten transportiere.

Wenn Valentin nach Hause kam, war er nicht betrunken, aber animiert, wie er es nannte, und sie musste mit ihm nochmals zum kleinen Haus gehen, wo er ihr die Fortschritte genau erklärte und vom Schlafzimmer unterm Dach redete, einem Nest für sie beide, wie die Nester der Schwalben, nur dass die sozusagen außer Haus lebten, während sie ganz oben und ganz drinnen im Haus schlafen würden. Auch müssten die neuen Matratzen von bester Qualität sein, damit seine Rückenschmerzen wieder vergingen, die – kein Wunder – von dem vielen Bücken und Stemmen auf der Baustelle herrührten.

Als sie endlich ins kleine Haus gezogen waren, ging Valentin weiter zum Stammtisch, kam aber nach ein bis zwei Stunden nach Hause. Er hatte ihr sogar vorgeschlagen, ihn zu begleiten, warum sollte nicht auch einmal eine Frau beim Stammtisch sitzen, aber früheres *Cowgirl* hin, *Cowgirl* her, sie wusste, dass das nichts für sie war.

Ein Fernseher war erst nach dem Bau ins Haus gekommen. Anfangs schauten sie sich nur die Nachrichten an. Danach hatte Valentin ihr manchmal aus den Büchern über die Natur, die Benni ihnen zu Weihnachten geschenkt hatte, vorgelesen, und wenn sie etwas nicht verstand, erklärte er es ihr, und wenn er es auch nicht verstand, schaute er auf seinem Handy im Internet nach. Als Gemeindebediensteter war er zu einem Handy verpflichtet, kein Beruf konnte mehr auf digitalen Kontakt verzichten.

Während Valentin nach den Nachrichten zum Stammtisch ging, fing sie an, sich auch andere Sendungen anzuschauen, anfangs nur Dokus über Tiere und Pflanzen, mit der Zeit richtige Filme über Menschen. Und manchmal war sie ganz froh, wenn Valentin etwas später nach Hause kam.

Im selben Monat, in dem sie eingezogen waren, begann der Abriss des großen Hauses. Erst da wurden sie sich der Veränderungen bewusst, die daraus entstanden. Für Valentin war es viel schwieriger, dem zusehen zu müssen, es ging schließlich um sein Geburtshaus. Alles war mit Maschinen, Containern und Baumaterial verstellt, dazu kamen tagsüber die Arbeiter, Geschrei, Gehämmer, Gefräse. Valentin hatte zwar den Bauplan gesehen, aber als die Grundfesten standen, erschien ihm alles viel zu groß und zu nah. Die Tiere im Stall waren irritiert und versuchten, wann immer es ging, auf die Felder zu flüchten. Noch durfte er die Tiere, obwohl die Felder nicht mehr ihm gehörten, auf ihnen grasen lassen und seine Elektrozäune von einem Feld aufs andere stellen, aber das konnte sich über Nacht ändern, und dann musste auch der Stall möglichst schnell weg. Selbst der damals kleine Logo versteckte sich beim Geräusch von Schleifmaschinen und Stampfgeräten im kleinen Haus.

Der Wind trug den Staub auf Paulas Gemüsehochbeete, und da Valentin erst vor Kurzem in Pension gegangen war, blieb er auch tagsüber zu Hause und wusste vor Unruhe kaum, wohin mit sich. Vor allem nicht, wohin mit den Tieren. Wieder war es Paula, die mit einem Schlachter in der nächsten größeren Gemeinde über die paar Schafe und Ziegen gesprochen hatte, während Valentin in den Wald ging, um nach Pilzen zu suchen. Als er abends nach Hause kam, gab es nur mehr eine junge weiße Geiß, Paulas Liebling, und den schwarzen Kater Logo.

Die Hühner auch?, fragte er, als er Paula mit der kleinen Geiß und dem jungen Kater auf dem Arm in der abendlichen Stille bei ihren Hochbeeten stehen sah.

Sie nickte. Ein paar sind noch im Schuppen, aber die Geiß wird einmal mehr Platz brauchen, und der Kater kann nur durch die Klappen und an den Hühnern vorbei ins Haus kommen. Das wird jedes Mal ein ziemliches Gegacker geben. Oder der kleine Logo sucht sich ein anderes Haus.

Schönes Gemüse, sagte Valentin, der Kalkstaub hat ihm womöglich gutgetan.

Prachtvolles Gemüse. Hilf mir beim Einpacken, und komm mit auf den Markt. Dort kannst du, wenn du Lust hast, Kaffee trinken und Zeitung lesen, bis ich alles verkauft habe.

Er schüttelte den Kopf, als hätte er an ein anderes Problem gedacht. Erst als Paula mit dem grünen Schopf einer frisch aus der Erde gezogenen Karotte sein Gesicht fächelte, meinte er: Die werden alle zusammengelegt.

Wer? Paula packte die Karotte zu den anderen.

Die Gemeinden. Wenn ich jetzt nicht gegangen wäre, hätten sie mich rausschmeißen müssen.

Glück gehabt, er nickte mit einem schmalen Lächeln, arbeite ich halt für dich.

Benni hatte eine Karte aus Neuseeland geschickt, damit sie wüssten, wo er sich gerade aufhielt. Offenbar hatte er doch wieder eine Art Stipendium oder einen Forschungsauftrag bekommen, aber davon stand nichts auf der Karte.

Siehst du, es geht auch ohne uns, stöhnte Valentin, während er vom Tisch aufstand, es dauerte immer eine Weile, bis seine Bandscheiben sich wieder bewegten.

Trotz Baulärm von gegenüber, Stallräumung und Stammtisch zählten die ersten paar Wochen im neuen Haus zu den schönsten ihrer Erinnerungen. Als wären sie einander noch näher gekommen. Und wenn sie nicht gleich einschlafen konnten, sprachen sie davon, wie gut es ihnen gehe und wie froh sie darüber seien, jetzt im kleinen Haus zu wohnen, das so viel bequemer sei als das große, und wie gut ihnen, besonders ihm, alles gelungen sei.

Später würde Paula oft darüber nachdenken, ob nicht all das, was danach geschah, der Preis für diese kurze Zeit erkennbaren Glücks gewesen war. Und wann immer sie nun allein in diesem Bett aller Betten lag, jetzt mit Nachthemd, versuchte sie weiterhin Valentins Körper zu spüren, der sie so lange gewärmt hatte, dass sie schon daran glaubte, es würde immer so weitergehen, zumindest noch viele Jahre.

Auch Benni war zum Begräbnis gekommen. Sie schickte ihm die Nachricht mit Valentins Handy. Egal, wo er sich gerade aufhielt, er sollte es wissen. Benni kam gerade noch rechtzeitig. Er habe ihr bei den Vorbereitungen nicht helfen können, weil er erst am Abend davor zurückgekommen sei. Er sagte nicht, woher, und sie fragte nicht danach.

Valentin war in der Kapelle am Ende des Friedhofs aufgebahrt worden, nicht zu Hause, da war zu wenig Platz.

Benni stand dann am Friedhof neben ihr und nahm nach der Einsegnung durch den Pfarrer und der Grablegung zusammen mit ihr die Beileidsbezeugungen entgegen.

So kalt es in der Nacht von Valentins Tod gewesen war, umso frühlingshafter war es innerhalb der paar Tage bis zum Begräbnis geworden. Die Sonne schien direkt ins Grab und auf den Sarg mit dem Kranz, auf dessen Schleife Bennis Name stand.

Sie hielt durch, versagte sich auch bei der Ansprache des ehemaligen Bürgermeisters, der Valentins Vorgesetzter gewesen war, die Tränen, nur das Zittern konnte sie nicht unterdrücken. Seit Valentins Tod zitterte sie, obwohl sie sich immer warm anzog. Benni versuchte es damit, den Arm um sie zu legen, aber sie zitterte weiter. Erst nach der heißen Suppe zum Leichenschmaus beim Kirchenwirt ließ das Zittern ein wenig nach.

Als sie endlich zu Hause waren, wollte Benni Genaueres über den Tod seines Vaters wissen, und Paula erzählte (Benni hatte Tee gekocht), dass es wahrscheinlich ein Stockbesoffener, der es eilig gehabt hätte, gewesen wäre. Die Polizei habe gemeint, Valentin sei wohl noch zur Seite gesprungen, denn die Räder hätten ihn nur an den Füßen erwischt, dabei sei er aber gegen das Auto gefallen und im Gegenzug in den Graben neben dem Weg zum Haus geschleudert und schwer an Kopf und Rücken verletzt worden.

Es war so kalt, minus 15°, wie schon lange nicht mehr.

Hast du ihn gefunden?

Sie zitterte so stark, dass sie kaum nicken konnte.

Viel zu spät, sagte sie nach einer Weile, viel zu spät. Er war schon tot.

Und der Fahrer?

Sie schüttelte den Kopf.

Die Polizei hat nicht herausgefunden, wer es war?

Sie ermitteln noch, aber selbst wenn, tot ist tot.

Benni fuhr auf: Aber er wäre bestraft worden, und du hättest zumindest Schmerzensgeld bekommen.

Sie zuckte nur mit den Achseln, brachte Bettzeug für Benni und erklärte ihm, wo im Schuppen sie das zusammengeklappte Feldbett hingestellt hatte. Schreck dich nicht, dort ist jetzt Biancas Stall. Inzwischen war auch Logo gekommen. Ich glaube, den kennst du noch nicht.

Beim Frühstück fragte Benni, ob es ein Testament gebe.

Erst wusste Paula nicht, was sie dazu sagen sollte, dann fiel ihr ein, wie Valentin einmal erwähnt hatte, er sei beim Notar im Gemeindehaus, was jetzt das Gemeindehaus des Nachbarorts bedeutete, gewesen und habe alles geklärt. Sie habe nicht danach gefragt, was. Er hätte es ihr schon gesagt, wenn er es ihr hätte sagen wollen.

Fährst du mit mir hin? Ich bleibe nur zwei Wochen, dann bin ich auf Expedition.

Erst jetzt hatte Paula wieder einen Blick für ihn. Er wirkte unsicher, fahrig, irgendwie verloren.

Brauchst du Geld?

Er stützte seinen Kopf mit den Händen, die Ellbogen auf dem Tisch: Ich war so oft ganz nah dran, aber dann kommt immer jemand, der mir vorgezogen wird. Ich kann so viele wissenschaftliche Arbeiten einreichen, wie ich will, da ist immer jemand, der mir zuvorkommt. Und es ist wieder nichts mit der Berufung und mit meiner Arbeit, die für die nächste Ausgabe vorgesehen war. Im letzten Moment wird eine Arbeit, die angeblich aktueller sei als meine, gedruckt, während meine so lange nach hinten verschoben wird, bis sie tatsächlich nicht mehr aktuell ist. Schon vor Jahren wurde mir eine Dozentur versprochen, aber bekommen hat sie der Sohn eines Universitätsprofessors. Ich nehme alle Strapazen der Feldforschung auf mich, auch ohne Stipendium, und dann kommt jemand daher, der das alles angeblich längst erforscht, nur erst jetzt eingereicht hat, und mit einem Mal ist er der Entdecker oder sie, und nicht ich.

Das tut mir leid! Paula schob ihm die Butter und die Marmelade hin. Was glaubst du, woran das liegt?

Ich bin zu vertrauensselig. Wenn mich wer nach etwas Bestimmtem fragt, gebe ich ihm die Antwort, die er sucht, und verrate dabei wohl mehr, als mir bewusst ist. Aber das passiert mir nicht mehr. Von der Sache, an der ich jetzt dran bin, erfährt niemand etwas, nicht einmal du. Er lächelte auf eine verfahrene Art. Wie du weißt, haben selbst die Wände Ohren.

Na, dann viel Glück!

Benni schob in sich hinein, was in ihm Platz hatte. Nach dem letzten Schluck Kaffee fragte er sie, ob sie nicht doch mit ihm hinfahren wolle.

Im ersten Moment wusste sie nicht mehr, wohin sie mit ihm fahren sollte.

Zum Notar!

Sie nickte: Und wie geht es Bea? Das hatte sie ihn schon gestern Abend fragen wollen.

Er schaute drein, als habe sie eine frisch geschlagene Beule unsanft berührt.

Sie weiß nicht einmal mehr, wer ich bin.

Damit hatte Paula nicht gerechnet. Und wo ist sie jetzt?

Man hat sie in ein Heim für Demenzkranke gesteckt.

Wer?

Du weißt schon, der Mann, mit dem sie all die Jahre zusammen war.

Du hast dich doch mit ihm verstanden?

Nicht so gut wie mit dir, aber ich war ja die meiste Zeit unterwegs. Und wenn ich da war, bin ich immer zuerst zu euch gekommen.

Da kannst du aber nur selten da gewesen sein.

Er wiegte den Kopf: Nomade, der ich bin … Mit einem Mal saß er kerzengerade da: Was ein richtiger Forscher ist, hat sich der Globalisierung in all ihren Formen zu stellen. Ohne die Feldforschung kann der Schreibtisch einpacken. Und wieder einmal bin ich ganz nah dran. Sein sarkastischer Ton machte ihr beinah Angst.

Ich gehe nur noch und füttere die Geiß, und der Katze muss ich auch noch was hinstellen.

Es hatte sich viel verändert in den letzten zehn, fünfzehn Jahren. Da waren noch immer die weiße Geiß und der schwarze Kater, der etwas behäbig geworden war. Es gab kein Auto mehr, und wenn sie telefonieren musste, was selten vorkam, benutzte sie Valentins altes Handy, aber sie vergaß immer öfter, es aufzuladen. Zum Einkaufen ging sie in die kleine Supermarktfiliale und wusste nach jedem Schritt, wo sie stand. Wo die Küche gewesen war, ihr und Valentins Schlafzimmer, die Zimmer der beiden Tanten, danach Bügelzimmer und Zimmer zum Trocknen von Kräutern sowie zur Aufbewahrung von Tisch- und Bettwäsche dreier Generationen. Das alte Badezimmer mit der angeschlagenen großen Wanne, die auf vier Löwenpranken stand, daneben die Waschmaschine.

Anfangs hatte sie manchmal das Gefühl, durchzubrechen und, je nach Standort, in einen dieser Räume abzustürzen, obwohl sie wusste, dass darunter nichts mehr war, nicht einmal der Keller. Alles, was von ihm übrig geblieben war, wurde noch vor Baubeginn zugeschüttet.

Die beiden Verkäuferinnen behandelten sie freundlich, machten sie darauf aufmerksam, wenn frische Würste eingetroffen waren, und fragten, wie es Bianca und Logo gehe. Und wenn sie erst gegen Abend kam, packten sie ihr während der kalten Jahreszeit Salat, der die Nacht nicht in Frische überstehen würde, dazu oder eine Packung Haferflocken, die schon am Ablaufen war, damit Biancas Fell weiterhin glänzte.

Von Frühjahr bis Herbst bearbeitete sie weiterhin die letzten beiden Hochbeete, obwohl ihr Rücken schmerzte, aber zu Salat, Radieschen und ein paar anderen Gemüsen reichte ihre Kraft schon noch, und wenn Benni wieder einmal zu Besuch kam, bat sie ihn, Kompost nachzufüllen oder, falls er früh genug im Jahr kam, die paar verbliebenen Obstbäume zu schneiden.

Sie fror nachts noch immer, da half auch kein Nachthemd. Im letzten Winter hatte sie sich eine Wärmflasche besorgt, die sie, bevor sie ins Bett ging, mit heißem Wasser füllte. Wenigstens hatte sie dann keine kalten Füße, wenn sie stundenlang dalag und sich an Valentin erinnerte.

Wäre sie damals nur nicht vor dem Fernseher eingeschlafen und hätte ihn früher gesucht, vielleicht wäre er noch zu retten gewesen. So war er, wie man ihr im Krankenhaus mitgeteilt hatte, wohl eher erfroren, als an seinen Verletzungen gestorben. Obwohl, sagte der Oberarzt, er wahrscheinlich auch so nicht überlebt hätte. Immerhin sei er Ende der siebziger gewesen. Und wenn, dann möglicherweise mit schweren Beeinträchtigungen durch seinen Schädelbasisbruch und gehbehindert wegen seiner Wirbelverletzung. Er hätte dem Herrn Treibenreif, wenn er sich privat dazu äußern dürfe, kein solches Leben gewünscht.

Seit Valentin nicht mehr in der Küche saß, hatte Logo seinen Platz eingenommen. Je nach Wetter verschlief er ganze Tage auf dem Sessel gegenüber der Bank, und wenn Besuch kam, was nicht oft der Fall war, räumte er zwar vorübergehend den Platz, hüpfte dann aber in einem unbeachteten Moment der Person auf den Schoß, was weniger ein Zeichen von Sympathie war als ein Hinweis darauf, dass der Sessel Teil seines Reviers war. Obwohl er wie alle freilaufenden Katzen kastriert werden musste, tat das seinen Besitzansprüchen keinen Abbruch.

Neulich, in der Supermarktfiliale, sie war gerade dabei, Milch, Brot und ein paar Orangen zu kaufen, sprach sie wieder einmal die Frau vom Sozialamt darauf an, ob sie nicht endlich daran denke, um einen Platz im Altenheim anzusuchen. Sie würde ihn ohnehin nicht gleich bekommen, wäre aber zumindest auf der Liste.

Paula schüttelte heftig den Kopf: Solange Bianca und Logo am Leben seien, denke sie nicht daran. Offensichtlich wusste die Frau vom letzten Mal, wer Bianca und Logo waren, denn sie fragte nicht danach.

Und überhaupt, Paula packte eine Tube Zahnpasta in ihre Einkaufstasche, sie sei noch völlig intakt, könne stehen, gehen, kochen, sich bücken und duschen. Ja selbst ihr Gehör sei wohl in Ordnung, wie sie gerade beweise, indem sie ihre Fragen beantworte.

Und sehen?, warf die Frau vom Sozialamt ein.

Alles, was ich sehen möchte. Und fürs Lesen gebe es eine Brille, und die könne man sich beim Optiker kaufen.

Die Frau seufzte: Ist ja schon gut, Frau Treibenreif, Sie wissen ja, dass ich von Berufs wegen verpflichtet bin, Sie auf dieses Problem anzusprechen.

Noch ist es kein Problem, beschied sie Paula.

Noch nicht, aber glauben Sie mir, es wird eines werden.

Wenn das Wetter es erlaubte, ging sie jeden Morgen zum Friedhof, stocherte mit einer Blumentopfgabel auf Valentins Grab herum, rupfte Unkraut aus, pflanzte blühende Kräuter oder goss die vorhandenen, Katzenminze, Oregano, Salbei, Basilikum, alles, woran Valentin gerne gerochen hatte. Auch wenn die anderen Witwen, vier bis fünf Frauen aus dem Dorf, darüber den Kopf schüttelten, miteinander flüsterten und sich an die Schläfe klopften. Sie war eben doch keine Einheimische, was nicht hieß, dass sie nicht mit ihr redeten, die üblichen Worte wechselten, aber das mit den Kräutern wollte nicht in ihren Schädel. Und die Sache mit Bianca noch weniger.

Paula hatte begonnen, Bianca an die Leine zu nehmen wie einen Hund. Sie wusste, dass Geißen neugierig sind, und band sie deshalb am Friedhofseingang fest, damit sie sich nicht an den Blumen der anderen Gräber verging.

Mit der Zeit gewöhnten die Witwen sich sogar daran und sprachen mit ihr: Na, Bianca, wie geht's dir denn so? Und wenn Bianca Laut gab, taten sie, als habe Bianca mit ihnen gesprochen. Eine füllte ihr sogar jedes Mal Wasser in ihre Gießkanne, und Bianca steckte ihre schmale Schnauze hinein und trank. Eine andere brachte Bianca manchmal ein Stück altbackenes Brot mit, das Bianca sogleich knirschend zermalmte.

Mit der Zeit wurde Bianca so etwas wie eine kleine Attraktion für die morgendlichen Witwen, aber mit Paula sprachen sie nur, was nötig war. Offenbar erinnerten sie sich noch an das ehemalige *Cowgirl* ... und jetzt ging die auch noch mit ihrer Geiß spazieren.

Als sie nach dem Optiker fragte, stellte sich heraus, dass sie bereits vor dessen Tür stand. Der Optiker hatte ihr zwar empfohlen, zuerst den Augenarzt in der nächstgelegenen Stadt aufzusuchen, was auch wegen der Krankenkasse gescheiter wäre, aber sie sagte, sie brauche die Brille jetzt, damit sie in der

Supermarktfiliale lesen könne, was auf den Lebensmittelpackungen geschrieben steht, oder in der Bezirkszeitung, wer schon alles gestorben ist. Ihre Witwenrente sei zwar schmächtig, aber für eine Lesebrille würde es allemal reichen.

Als der Optiker erkannte, dass sie meinte, was sie sagte, ließ er sie selbst aussuchen. Wie die Brille aussehe, sei ihr egal, lesen müsse sie damit können.

Da die Brillen keinen Rahmen hatten und sehr preiswert waren, kaufte sie gleich drei, falls sie eine zerbrechen oder verlieren sollte, und fuhr mit sich und den Brillen zufrieden wieder mit dem Bus nach Hause.

Genau genommen waren ihr nur Logo, Bianca, die beiden Frauen in der Supermarktfiliale – die Witwen nicht wirklich, Benni nur in großen Abständen – und der Fernseher geblieben. Wenn sie mit Bianca über die Wiese, die weiterhin zum kleinen Haus gehörte, streifte oder an ihren Hochbeeten, die auch Blühendes enthielten, vorbeikam, pflückte sie hier und dort Blumen, formte daraus hübsche Sträußchen, die sie in die kleinen Vasen steckte, die im Herrgottswinkel links und rechts vom Fernseher standen. Sie staubte diesen auch jeden Morgen ab, wenn sie Wasser in die Vasen nachgoss, und machte sich Sorgen darum, wie lange er wohl halten und ob ihr Gespartes ausreichen würde, wenn er einmal nicht mehr zu reparieren wäre.

Gegen Abend stellte sie dann die beiden Sessel einander gegenüber, damit sie die Beine hochlagern konnte und Logo Platz auf ihrem Schoß fand, um sie zu wärmen.

Danach ging sie auf Reisen, von Kontinent zu Kontinent, erfuhr, was in ihrem Bundesland vorging und weiters in der großen weiten Welt, lernte das Schicksal anderer Menschen kennen, regte sich auf, freute sich, spürte Empörung in sich aufsteigen, Zorn, aber auch Mitleid und Zuneigung. Blöd war nur, dass sie mit diesen Menschen nicht reden konnte.

Dieser Winter schwankte wieder zwischen ungewöhnlichen Wärmeperioden und tiefgradigen Kälteeinbrüchen.

War es kalt, holte sie Bianca über Nacht in die Küche, legte ihr einen der alten Pferdekotzen unters Fenster und kehrte morgens die schwarzbraunen Bemmeln zusammen, die Bianca von Zeit zu Zeit fallen ließ. Manchmal legte sie ihr einen verschrumpelten Apfel hin oder ein paar Zweige, die sie für sie beim Spazierengehen gesammelt hatte, und selbst wenn ihr das alles ausgegangen wäre, hätte Bianca sich eine Weile mit Paulas längst ausgelesenen Zeitungen begnügt, Geißen können auch Papier verdauen.

Meist blieb Logo den ganzen Abend bei ihr, selten über Nacht, da ging er seine eigenen Wege.

Mittlerweile war es ihr, wenn es draußen eisig herging, oben zum Schlafen zu kalt, trotz Wärmflasche, und sie blieb auf der Polsterbank liegen, ohne sich auszuziehen, mit einer warmen Decke und Logo im Rücken, der es dann nicht mehr so genau nahm mit seinen nächtlichen Revierkontrollen.

Sie hatte sich in letzter Zeit etwas gehenlassen, nicht nur, dass sie seit Tagen ihre Kleidung nicht gewechselt und nicht geduscht hatte, sie war auch nicht einkaufen gegangen. Irgendwas zum Essen hatte sie immer noch gefunden, das es ihr ersparte, aus dem Haus zu gehen.

Als Logo dann einen ganzen Tag über, aber auch am Abend nicht und am nächsten Morgen erst recht nicht gekommen war, hatte sie den Verdacht, dass sie begonnen hatte, schlecht zu riechen, und er sich deswegen von ihr fernhielt. Sie schleppte sich nach oben, holte frische Unterwäsche und andere saubere Kleidungsstücke aus ihrem Kleiderkasten, schleppte sich wieder nach unten und ins Bad. Als sie in der Wanne saß, fing ihr Gesicht zu schwitzen an, und sie tastete ihren Körper nach etwaigen Veränderungen ab, die mit ihren Schmerzen zu tun haben könnten. Etwas in ihrem Bauch löste heftige Krämpfe aus, auch in der Brustgegend spürte sie etwas, und ihr Herz flimmerte, was sie auf das heiße Wasser schob. Kurz fühlte sie sich einer

Ohnmacht nahe, aber als sie kaltes Wasser zulaufen ließ, ging es ihr wieder besser.

Beim Abtrocknen musste sie sich auf einen Schemel setzen, um nicht zu fallen, danach konnte sie sich doch, langsam Stück für Stück, anziehen. Die Wanne würde sie erst später sauber machen.

Sobald sie in der Küche war, fror sie. Da fiel ihr ein, dass sie den ganzen Tag nichts gegessen hatte. Wo war dieser Tag bloß hingekommen? Sie wollte sich zwei Eier braten, und zusammen mit etwas geröstetem Brot und einer Tasse Tee würde ihr schon von innen her warm werden.

Danach öffnete sie das Fenster einen Spaltbreit und rief nach Logo, wie immer, wenn er abends nicht pünktlich war. Nichts rührte sich. Allein diese kurze Kälteattacke ließ sie mit den Zähnen klappern. Aber er kam nicht, bis sie dann irgendwann den Fernseher abschaltete. Sie holte sich noch eine Decke und blieb angezogen auf der Polsterbank liegen.

Am nächsten Tag ging sie, so schwer es ihr auch fiel, einkaufen. Irgendetwas schien sie zu Boden drücken zu wollen. Als eine der beiden Frauen sie bemerkte, zeigte sie sich sehr besorgt. Sie hätte schon zu ihr hinübergehen wollen, um zu fragen, wie es ihr gehe und ob sie etwas brauche. Paula lächelte halbseitig und meinte: Man wird nicht ungestraft alt! Sie sei nur seit ein paar Tagen nicht so gut drauf.

Ins Haus zurückgekommen, aß sie eine Brioche und trank eine Tasse Kaffee mit einem Schluck Weinbrand drin, den noch Valentin vor vielen Jahren gekauft hatte. Das hatte sie schon öfter wieder in die Gänge gebracht.

Der Himmel war blank, und wohin die Sonne schien, da wurde es auch warm. Sie nahm Bianca mit, die erst gar nicht nach draußen gewollt hatte, sich dann aber, wie ihr schien, ebenfalls auf Spurensuche machte. Noch waren in dem Schnee, der in der Nacht gefroren war, die Spuren all der Tiere, die über ihn gegangen waren, deutlich zu sehen.

Es dauerte nicht lange, und sie konnte Logos Tritte erkennen, hin und her, vor und zurück, doch ab einer bestimmten Stelle begann sich der Abstand seiner Pfoten zu verlängern, so als wäre er mehr gesprungen als gegangen, und daneben verlängerten sich etwas breitere Pfotenabdrücke, die vom großen Bach her gekommen waren. Es waren die eines Fuchses, wie Paula zu erkennen glaubte. Auch Bianca schnupperte nervös, gab hin und wieder Laut und zog an der Leine.

Sie folgten den beiden Spuren bis zum kleinen Bach, in dessen Nähe sie die ersten Blutspuren entdeckten. Der Bach war noch zugefroren, also hatte der Fuchs sich nicht einmal die Pfoten nass machen müssen für seine Beute.

Auf dem Heimweg rechnete Paula nach, wie alt Logo gewesen war, und kam auf fünfzehn Jahre. Sie schluckte. Aber manche Katzen wurden viel älter. Und warum war der Fuchs überhaupt gekommen? Der Glashäuser wegen, in denen es warm war und wohin auch die Mäuse wollten? Sie hatte bereits das eine oder das andere Mal seine Spur bemerkt, aber Logo noch für so kräftig gehalten, dass kein Fuchs es mit ihm aufnehmen würde. Es hatte keinen Sinn, weiter nach ihm zu suchen.

Während sie zurück zum Haus ging, begann Paula trotz Sonne wieder zu zittern, und das hörte auch im Haus nicht auf. Bianca legte sich sofort auf ihren Pferdekotzen, dabei hatte sie sie in den Schuppen führen wollen, um sie mit Heu zu füttern, aber Bianca war nicht dazu zu bewegen.

Sie kochte sich eine Haferflockensuppe und stellte Bianca, bevor sie sie gewürzt hatte, etwas davon hin, aber die drehte den Kopf weg.

Am Nachmittag wollte sie Benni anrufen. Er hatte inzwischen eine Stelle als Bibliothekar im Naturhistorischen Museum bekommen, aber gesehen hatte sie ihn seither nicht.

Paula lud das Handy auf und erreichte Benni sogar. Bitte komm, sagte sie, Logo ist tot und Bianca krank.

Tagsüber müsse er noch arbeiten, aber er würde gegen Abend kommen und sich, wenn möglich, einen Tag freinehmen.

Und bring mir Schmerztabletten mit.

Welche?

Die, die man ohne Rezept bekommt.

Nachdem sie etwas von der Suppe gegessen hatte, fühlte sie sich dermaßen elend, dass sie den ganzen Nachmittag vor sich hin döste und ihre Schmerzen zu ignorieren versuchte.

Es war bereits dunkel, als Benni eintraf. Er erschrak geradezu, als er Paula sah. Um sich nichts anmerken zu lassen, ging er zurück in den kleinen Vorraum, zog sich langsam aus, und als er wieder hereinkam, legte er ihr die Tabletten auf den Tisch und holte ein Glas Wasser, bevor er die Packung aufbrach.

Seit wann geht das schon so?

Frag mich nicht, es kommt und geht, seit ein paar Tagen geht es nicht mehr. Und ich friere, seit Logo tot ist, Tag und Nacht.

Während Paula aufs Klo ging, brachte er Bianca in den Schuppen, er musste sie tragen. Sie blieb auch im Stall einfach liegen und legte ihren Kopf aufs Heu, anstatt es zu fressen.

Du musst in die Ambulanz, sagte Benni, als Paula sich stöhnend wieder auf die Polsterbank gelegt hatte.

Morgen, ächzte sie, morgen, aber wer schaut auf Bianca?

Wenn es ihr morgen nicht besser geht, bringe ich

zuerst dich in die Ambulanz und dann Bianca zum Tierarzt.

Der kann ihr auch nicht mehr helfen, so wie mir die Ambulanz nicht mehr wird helfen können.

Lass mich nur machen! Benni wärmte die restliche Suppe auf. Da Paula nichts essen wollte, aß er sie vollends, schmierte sich ein paar Butterbrote und schnipselte Schnittlauch vom Topf auf dem Fensterbrett darüber. Ich nehme an, du bleibst hier unten, dann geh ich nach oben.

Sie nickte und bat ihn, auch die zweite Decke auf sie zu legen.

Ich habe dir übrigens was zum Schlafen mitgebracht. Er zog eine zweite Packung aus seinem Rucksack, brach sie auf und reichte ihr eine weitere Tablette. Und sie, die noch nie in ihrem Leben eine Schlaftablette genommen hatte, griff sofort nach ihr und schluckte sie geradezu gierig mit einem halben Glas Wasser hinunter.

Als Benni im Bett seines Vaters lag, nahm er sich vor, sich weiter um Paula zu kümmern, soweit es sich mit seiner neuen Arbeitszeit vereinbaren ließ. Ganz entspannt, er hatte sie ja immer gerngehabt. Und das Haus? Das Haus würde in jedem Fall ihm gehören. Paula hatte damals, als sie mit ihm zum Notar gefahren war, dort auch gleich ihr eigenes Testament hinterlassen, das ihn als einzigen Erben festschrieb.

DIE RÖTUNG DER TOMATEN IM WINTER

DORIS

Doris verlor das Kind im sechsten Monat ihrer Schwangerschaft. Einen Sohn, wie der nachoperierende Spitalsarzt sie wissen ließ, und dass sie aller Wahrscheinlichkeit nach kein Kind mehr bekommen werde können.

Ödön, ihr Verlobter, hatte sie mehrmals im Krankenhaus besucht, sie nach der Entlassung auch abgeholt und zu ihren Eltern nach Hause gebracht.

Ihre Mutter hatte sie mit Tränen in den Augen empfangen und beim Kochen noch immer geseufzt, während ihr Vater sie einfach umarmte: Hauptsache, du bist wieder gesund. Die jüngeren Geschwister, Nicki und Lilly, wussten nicht so recht, was sie sagen sollten, und da es ein Samstag war, wollten sie sich nach dem Abendessen mit Freunden in der Disco treffen.

Auch Ödön hatte ihr schon während der Fahrt gestanden, er müsse am nächsten Tag in aller Früh wieder ins Nachbarland, um einem begüterten

Kunden seiner Firma, der nur am Wochenende dafür Zeit habe, die von ihm ermittelte Immobilie zu zeigen und dann zum Kauf anzubieten. Da es dabei um viel Geld gehe, könne er es sich nicht leisten, zu spät zu kommen.

Es tue ihm sehr leid, gerade jetzt nicht bei ihr bleiben zu können, aber nach der Hochzeit würde sich das ändern, er habe seinem Chef bereits Andeutungen in dieser Richtung gemacht.

Die Hochzeit sollte in einem Monat stattfinden, genau an ihrem zweiundzwanzigsten Geburtstag. Ihre Eltern hatten schon mit den Vorbereitungen begonnen, sie selbst sollte sich bis dahin erholen und wieder zu Kräften kommen. Sie sei jung, gesund und habe jetzt Zeit, sich in aller Ruhe zu entscheiden, wie es beruflich mit ihr weitergehen solle. Noch sei sie krankgeschrieben, was bedeute, zu nichts verpflichtet.

Schon am dritten Tag begann sie, in der Gärtnerei ihres Vaters auszuhelfen, obgleich sie nie daran gedacht hatte, sich diesbezüglich beruflich zu engagieren, aber sie konnte es nicht ertragen, nichts zu tun.

Am sechsten Tag erhielt sie einen Brief von Ödön, geschrieben auf hoteleigenem Briefpapier, worauf der Briefkopf mit dem Namen des Hotels und seiner Adresse eindeutig hinwies.

Er müsse die Hochzeit absagen, da er an der Sinnhaftigkeit eines gemeinsamen Lebens zu zweifeln begonnen habe. Das liege keinesfalls an ihr, ganz und gar nicht, aber sein Gefühl sage ihm, dass sie zu unterschiedlicher Natur seien, um den Anforderungen einer Ehe standzuhalten. Sie möge ihm die ungelenke Wortwahl verzeihen, aber er wisse nicht, wie er ihr seine Entscheidung mitteilen solle, ohne sie zu kränken, wofür er sich jetzt schon entschuldige, denn er habe das Zusammensein mit ihr sehr wohl geschätzt. Er würde gerne ihre Beziehung als freundschaftliche weiterführen, aber es liege an ihr, ob sie das wolle oder nicht.

Er würde auch ihren Eltern schreiben und sie selbstverständlich für alle Ausgaben, die sie bei den Vorbereitungen der Hochzeit bereits getätigt hätten, entschädigen.

Er hoffe, ihre Gesundheit bleibe stabil, was er von seiner nicht sagen könne, aber damit wolle er sie jetzt nicht behelligen. Er fühle sich angeschlagen und orientierungslos, doch sein Beruf zwinge ihn zum Reisen, vordringlich in das Land, in dem er zwar aufgewachsen sei, in dem er sich aber seit vielen Jahren nicht mehr heimisch fühle. Jedoch gerade seiner Herkunft und seiner Muttersprache wegen schicke ihn, wie sie ja wisse, die Firma immer wieder dorthin.

Ihre Hände zitterten, als sie den Brief auf den Tisch in ihrem Zimmer legte. Ödön war ihr als Bekannter ihrer Eltern schon lange vertraut, und als sie siebzehn war, schlief sie das erste Mal mit ihm. Danach hatte er sie höflich gefragt, ob sie ihn heiraten wolle. Sie wusste keine Antwort darauf, und er meinte, es eile nicht, sie solle es sich überlegen und ihm sagen, wann sie dazu bereit sei.

Ödön war für sie der Mann, daran gab es keinen Zweifel, aber sie wollte einen Beruf erlernen und arbeiten, keinesfalls alleine zu Hause sitzen, wenn Ödön auf Reisen war.

Nach Abschluss der Allgemeinen Höheren Schule ließ sie sich als Krankenschwester ausbilden und anschließend als Physiotherapeutin, falls sie sich einmal selbstständig hätte machen wollen. Gleichzeitig besuchte sie auch noch einen Schnellkurs in Gebärdensprache, im Stillen hoffend, sie könne damit einmal im regionalen Fernsehen unterkommen. Doch Ödön war dagegen, er wolle sie nicht mit Tausenden und Abertausenden Menschen teilen. Außerdem könne sie diesen Beruf nur in der Landeshauptstadt ausüben, die regionalen Sender würden keine Gebärdensprecher anstellen, während seine Firma hier in der Nähe ihren Sitz habe, das würde alles zu sehr komplizieren und der Fahrerei wäre kein Ende.

Die Hochzeit sollte, zum Wohl des Kindes, noch vor dessen Geburt stattfinden, nämlich zu Beginn der Karenz. Bis dahin hatte sie weiterarbeiten wollen, wie schon seit zwei Jahren im Landeskrankenhaus der Region.

Es war Freitagabend, und als Nicki und Lilly sich nach dem Abendessen in ihre eigene Welt verzogen hatten, wartete sie, bis die Nachrichten zu Ende waren, und legte dann Ödöns Brief auf den Tisch. Diesmal zitterten ihre Hände nicht mehr. Ihre Mutter griff sofort danach, reichte ihn dann mit zornrotem Gesicht dem Vater, und sobald der den Blick wieder hob, verfiel sie in eine Suada von Anschuldigungen, Bezichtigungen und Verwünschungen, die von Satz zu Satz an Lautstärke zunahm.

Nach den üblichen zwei Gläsern Weißwein zur Entspannung von den Anstrengungen des Tages hatte sie ihr Glas nun ein drittes Mal gefüllt, was eher der Rage als der Beruhigung diente.

Sie habe von Anfang an gesagt, dass Ödön nicht zu ihr passe, dieser vorgebliche Gentleman mit seinem depressiven Gemüt, seiner Unzuverlässigkeit, was Beziehungen angehe, und seinem möchtegern-adligen Lebensstil, dessentwegen er auch in der Immobilienbranche arbeite, anstatt sich um sein und Doris' Leben zu kümmern. Sie halte das für charakterlos, was dieser unerhörte Vertrauensbruch nur bestätige. Und sie, Doris, habe dem Malheur mit ihren vielen Nachtdiensten auch noch zugearbeitet. Das tue keiner Beziehung gut. Sie hoffe, sie werde daraus eine Lehre ziehen …

Ausbrüche dieser Art waren nichts Neues, und Doris' Vater setzte der großen Erregung ein Ende, indem er aufstand und in aller Ruhe: Schluss mit dem Unsinn! rief: Vor lauter Geplärre weißt du nicht mehr, was du sagst!

Anschließend bedeutete er Doris, mit ihm zu kommen: Wir gehen Luft schnappen, Doris, du kennst sie ja, unsere Madame Spitzenhäubchen. Kommt sie erst in Rage, schlägt der Blitz immer öfter ein!

Sie ging mit ihrem Vater den Saum des Wäldchens entlang; der Weg führte nach oben, wo es eine Bank gab, von der aus man einen umfassenden Blick auf die kleine Stadt hatte.

Es war Vollmond, der Himmel sternklar, und sie fanden auch ohne Taschenlampe ihren Weg. Die Luft roch nach Frühling und war erstaunlich mild für die Jahreszeit. Ihr Vater streifte mit der bloßen Hand über die Bank, bevor sie sich setzten.

Wenn du trotzdem frierst, kann ich dir mein Sakko umhängen. Sie schüttelte den Kopf, und er legte den Arm um ihre Schultern. So würde er es sogleich merken, wenn sie lautlos in sich hineinschluchzte. Schon als Kind hatte sie immer versucht, das Weinen zu unterdrücken. Sie nahm es ernst, die Älteste zu sein, die die Jüngeren zu trösten hatte, wenn sie sich die Knie aufgeschlagen hatten oder ihre Mutter sie für etwas bestrafte, was sie nicht getan hatten.

Als das Schweigen anhielt, zog der Vater einen metallenen Flachmann aus der Innentasche und hielt ihn ihr hin: Als Medizin betrachtet, tut Grappa vor allem der Seele gut. Er spürte, wie sie lautlos auflachte, nach dem Fläschchen griff und einen Schluck nahm. Auch er trank aus dem Flachmann und stöhnte kurz vor körperlichem Wohlbehagen.

Es ist ein Jammer, was da alles auf dich zugekommen ist, aber sei froh, sei trotzdem froh, Ödön ist einfach zu alt für dich. Und wenn du mich fragst, ich habe ihn in all den Jahren kein einziges Mal lachen sehen. Kein Mensch weiß, was in ihm vorgeht. Oder weißt du es?

Er drückte sie leicht an sich und spürte, wie sie zögernd den Kopf schüttelte: Aber ich hätte es gerne gewusst. Ich habe immer versucht, es herauszufinden.

Es lässt sich nicht alles ergründen auf dieser Welt, sagte er: Man muss loslassen können. Hast du je darüber nachgedacht?

Sie lehnte den Kopf auf seine Schulter: Ich will weg von hier, auf jeden Fall weg.

Soll sein, aber gib acht, dass du das Richtige für dich findest. Du musst damit leben können.

Und die Gärtnerei?

Ich hätte mich gefreut, wenn du daran Interesse gezeigt hättest, aber zum Glück beginnt Nicki schon, sich damit zu befassen, und selbst Lilly hilft aus. Also, kein Grund zur Sorge.

Er holte noch einmal den Flachmann hervor.

Auf die Gärtnerei, Papa!
Auf deine Zukunft, Doris!

Sie war bereits das dritte Jahr in der Landeshauptstadt, anfangs als Krankenschwester, aber als
sie zum ersten Mal nach einer Fehlgeburt bei der
Nachoperation assistieren musste – man wollte sie
zur Operationsschwester ausbilden –, kam wieder
alles, und das mit Gewalt, in ihr hoch. Sie kündigte,
obwohl die Abteilung sie gerne weiter beschäftigt
hätte.

Danach hatte sie es tatsächlich bei einem Privat-
sender versucht, einen Job als Gebärdensspreche-
rin zu bekommen. Aber es stellte sich heraus, dass
sie zuvor noch mindestens zwei Intensivkurse, die
teuer und zeitaufwendig waren, hätte besuchen
müssen, um angestellt zu werden. Von der Optik
her sei sie durchaus erwünscht, hatte der Personal-
chef, der das Einstellungsgespräch mit ihr führte,
mit einem lässigen Lächeln erklärt. Schlanke Figur,
hübsche Gesichtszüge, dichtes rötliches Haar und
makellose Zähne. Er freue sich, wenn sie nach Abschluss der von ihm erwähnten Kurse wieder bei
ihm vorstellig werde. Gebraucht würden Personen
wie sie, wenn dann auch noch die Kompetenz
stimme, allemal.

Sie überlegte eine Zeit lang, übte sogar vor dem
Spiegel, doch wie sie erfuhr, würden die geforder-
ten weiteren Kurse mindestens ein Jahr dauern,

und das ganztägig. Da sie von etwas leben musste, entschied sie sich für einen Ganztagsjob in einer Privatpraxis für Physiotherapie, der sich als anstrengender erwies, als sie gedacht hatte, und sie verschob die Gebärdensprache in eine diffuse Zukunft.

Ihre Freizeit verbrachte sie mit Kollegen und Kolleginnen mit Spaziergängen am Wochenende, Café-Besuchen, gelegentlich auch in Clubs, die ihr meist zu laut waren, oder im Kino. Noch immer bezauberte sie der Moment, in dem das Licht ausging und die Werbung zu Ende war. Es war ein Gefühl, das nie verblassen würde. Auch Ödön liebte es, mit ihr ins Kino zu gehen, im Dunkeln nach ihrer Hand zu tasten und diese bei besonders emotionalen Szenen an seine Lippen zu drücken. Wenn sie sich an Augenblicke dieser Art erinnerte, begann ihr plötzlich die Welt zu zerfallen, und sie musste sich rechtzeitig ducken, um von den Trümmern nicht erschlagen zu werden.

Ein Krankenpfleger hatte ihr vorgeschlagen, mit ihm ins Kino zu gehen, doch wie es so weit war, sagte sie ab. Sie hätte es nicht ertragen, wenn er versucht hätte, sie im Dunkeln abzugrapschen.

Eine Art unruhiger Ehrgeiz schien sie dazu zu verpflichten, das genau Richtige für sich zu finden. Die Physiotherapie schien aber auch nicht das Richtige zu sein. Dazu kam, dass ihr Chef zu Übergriffigkeiten neigte und, wie sie bald herausfand, vor dem Konkurs stand. Also kündigte sie nach einem halben Jahr.

Inzwischen hatte ihr Vater das getan, was eigentlich erst ihr Bruder hätte tun müssen, und das auch nur, falls er die Gärtnerei tatsächlich übernehmen würde, nämlich sie auszuzahlen. Hiermit habe er es Nicki leichter machen wollen. Erben sei brutal, hatte er einmal zu ihr gesagt: Mir liegt daran, dass Nicki von Haus aus weiß, womit er rechnen kann.

Sie war in diesen knappen drei Jahren viermal umgezogen, von Untermietzimmer zu Untermietzimmer. Jetzt würde sie sich eine Auszeit nehmen und gezielt nach einer Wohnung suchen, in der sie auch bleiben wollte.

Nach wochenlanger Nachfrage hatte sie in einer Gratiszeitung, die der Wind ihr vor die Füße geweht hatte, eine Wohnung in einem östlichen, Richtung Land auslaufenden Bezirk annonciert gefunden. 65 m², zweiter Stock, mit kleinem Balkon, südseitig.

Die Eigner schienen die Wohnung Hals über Kopf verkaufen zu wollen, ohne Makler, Hauptsache, es gehe schnell und in bar, was den Preis ein wenig drückte.

Sie hatte ihren Vater zuhilfe gerufen, um nicht mit einem von ihr übersehenen Trick über den Tisch gezogen zu werden. Er kam zwei Tage später, studierte den Vertrag Punkt für Punkt, fand nichts Besorgniserregendes daran und begleitete sie zu dessen Unterzeichnung.

Noch am selben Tag instruierte er sie, was seiner Meinung nach sogleich angegangen werden müsse, vor allem was Bad und Küche betraf, und wobei sie sich ruhig ein wenig Zeit lassen könne, wie Schlaf- und Wohnzimmer.

Am nächsten Tag kontaktierte er Installateure, Elektriker und Anstreicher, machte Termine für sie, bestand auf einzuhaltenden Kostenvoranschlägen oder Preisnachlässen sowie auf Einhaltung der ausgehandelten Arbeitsdauer. Ihr Vater wollte ihr wohl zeigen, wie man mit Handwerkern in den Außenbezirken zurechtkommt.

Du hast Glück gehabt, Kind, sagte er mehrmals, wirklich Glück gehabt mit dieser Wohnung. Sogar die Verkehrsanbindung ist optimal, in Richtung Innenstadt wie auch in Richtung Peripherie.

Was sie ihm nicht erzählt hatte, war, dass sie auch in der Physiotherapie gekündigt hatte. Sie sprach von einem vorgezogenen Urlaub, da die Praxis renoviert werden müsse. Was ihr sehr gelegen käme, um die Wohnung so bald wie möglich beziehbar zu machen.

Nach drei Wochen hatte sie tatsächlich einziehen können, die Wohnung war insgesamt in gutem Zustand. Es waren bloß kleinere Arbeiten angefallen, die relativ rasch erledigt werden konnten. Und nach dem Umzug konnte sie wieder ernsthaft damit beginnen, nach dem für sie Richtigen zu suchen.

Eines Abends rief ihr Vater sie gegen zehn Uhr an. Schon die Zeit des Anrufs löste in ihr Besorgnis aus, und als er ihr mit belegter Zunge klarzumachen versuchte, dass ihre Mutter, seine Marjana, vor ein paar Stunden einem Herzinfarkt erlegen sei, brauchte sie eine Weile, um das Gesagte zur Kenntnis nehmen zu können.

Erst als ihr Vater mehrere Male hintereinander fragte, ob sie ihn hören und verstehen könne, brachte sie ein: Ja, Papa, ich habe verstanden! heraus und danach: Sie war doch nicht herzkrank, oder?

Offensichtlich doch! Ihr Vater räusperte sich ausführlich: Sie hat sich so furchtbar darüber aufgeregt, dass Nicki und ich den Pflanzenverkauf weiter einschränken wollten zugunsten der Landschaftsgärtnerei. Dabei wollten wir ihr nur Gutes. Sie hätte nicht mehr den ganzen Tag an der Kassa stehen müssen, zumindest nicht am Nachmittag.

Und als sie nichts dazu sagte: Du weißt doch, wie sie war, wenn sie sich aufregte. Leider hat niemand von uns das noch ernst genommen. Aber plötzlich ist sie zusammengebrochen, und als die Rettung dann kam, war ihr nicht mehr zu helfen.

Doris lag schon lange im Bett, bis es ihr gelang, auch zu weinen.

Sie hatte Ödön, seit er sie damals aus dem Krankenhaus abgeholt hatte, nicht mehr gesehen. Beim Begräbnis ihrer Mutter stand er nach der Grablegung plötzlich vor ihr, um ihr zu kondolieren, und sie war nahe daran davonzulaufen. Ihr Vater ergriff ihren Arm und schob ihn in Richtung Ödöns Hand, sie konnte gar nicht anders, als ihm die ihre zu geben.

Ödöns Gesicht war leidvoll verzerrt und sein Blick in einer Art Ewigkeit versunken, dass sie zu glauben begann, seine Trauer gelte tatsächlich ihrer Mutter, die er seit seiner Jugend gekannt hatte.

Ihr Vater hatte Ödön zum Leichenschmaus eingeladen, doch Ödön musste wieder einmal absagen, mit der Begründung, einen wichtigen Termin wahrnehmen zu müssen, zu dem er spätestens in einer Viertelstunde aufzubrechen habe. Sein Chauffeur warte vor dem Friedhof.

Am dritten Tag nach der Beerdigung bot der Vater ihr an, sie mit dem Auto in die Landeshauptstadt zurückzubringen. Er würde gerne ein paar Tage bleiben, zur Ablenkung. Nicki und Lilly kämen zusammen mit den Mitarbeitern kurzfristig auch ohne ihn zurecht.

Er stieg immer im selben Hotel ab, in der Nähe der Höheren Bundeslehr- und Forschungsanstalt für Gartenbau, die er einst besucht hatte. Schon sein Vater hatte in diesem Hotel übernachtet, wenn er ihn besuchen kam. Und jetzt hatte er vor, rechtzeitig um einen Ausbildungsplatz für Nicki anzusuchen.

Wenn es ihr recht sei, werde er, nachdem er das und noch ein paar andere Dinge erledigt habe, am späteren Nachmittag zu ihr kommen, dann könnten sie über die noch anstehenden kleineren Baustellen reden.

Ihrer Meinung nach fehlte es der Wohnung an so gut wie nichts, und da sie sie ihrem Vater im besten Licht präsentieren wollte, räumte sie auf, putzte sogar die Fenster, und als sie sich zum Schluss auch noch den Balkon vornahm, entdeckte sie einen Bepflanzungstopf in der äußersten Ecke, überschattet von einem Spinnennetz voller Staub und Fliegenkadavern. Sie griff nach dem Handbesen, entfernte das Netz damit und hob den Topf auf das ebenfalls von den Eignern zurückgelassene Tischchen. Der Topf war von guter Qualität, Terrakotta aus der Gegend von Florenz, wie ihr Vater sie auch gelegentlich im Angebot hatte, mit eingeprägten Weintrauben, samt zugehörigem Untersatz.

Zu ihrem großen Erstaunen befanden sich drei Pflanzen darin. Ein etwa 15 cm hoher Steckling einer kleinblättrigen Efeusorte, eine Blattpflanze, die sie nicht zu benennen wusste, und eine circa 20 cm hohe Tomatenstaude, die quer in die Zeit gestiegen war, wahrscheinlich noch Ende September.

Die Erde fühlte sich trocken an, es hatte seit Tagen nicht mehr geregnet. Sie holte ein Glas Wasser und leerte es in den Topf.

Eigentlich hatte sie den Topf mit den drei unterschiedlichen Pflanzen ihrem Vater zeigen wollen, aber da es schon zu dunkeln begann, als sie die Wohnung mit all ihren Details noch einmal durchgingen – einen Großteil der Möbel hatten die Eigner gegen geringes Entgelt zurückgelassen – und ihr Vater zwar einige Verbesserungsvorschläge machte, im Großen und Ganzen aber zufrieden war, vergaß sie den Topf, als ihr Vater einen Riss in der Markise feststellte und versprach, ihr zum Einstand eine neue zu schenken, die er gleich morgen besorgen wolle; um diese Zeit seien die Preise dafür ziemlich günstig.

Im Gegenzug zur versprochenen Markise lud sie ihn zum Abendessen in das kleine georgische Restaurant eine Straße weiter ein, das ihr eine Nachbarin aus demselben Stockwerk empfohlen, das sie aber noch nicht ausprobiert hatte. Gerührt von dieser Einladung, drückte ihr Vater sie kurz an sich, und sie machten sich, hungrig, wie sie waren, sogleich auf den Weg.

Als sie nach dem Essen noch eine zweite Karaffe Rotwein bestellte, entschuldigte sich ihr Vater dafür, dass er sie gezwungen hatte, sich von Ödön kondolieren zu lassen. Aber nur, wenn es ihr gelänge, ihn als Bekannten ihrer Mutter zu sehen und nicht als ehemaligen Verlobten, könne sie ihn mit der Zeit aus ihren Gefühlen streichen.

Hat sie ihn tatsächlich so früh kennengelernt?

Sehr früh, aber dann war er plötzlich weg.

Wie weg?

Weder greifbar noch erreichbar. Und kam erst wieder, als Marjana und ich geheiratet hatten und du bereits auf der Welt warst. Ich glaube, sie hat es ihm nie verziehen. Von da an schaute er immer, wenn er von einer längeren Reise zurückgekommen war, bei uns vorbei. Das ist die einzige Methode, die hilft.

Was meinst du damit?

Die Alltäglichkeit.

Und warum hast du Mama geheiratet?

Sie war eine Strahlende. Ihr Gesicht leuchtete manchmal so stark, dass alle um sie herum sie anlächelten. Doch es gab für sie nur ein Alles oder ein Nichts. Ihre Gefühle waren so stark, dass sie nicht anders zu können glaubte. Bis sie draufkam, dass alles nicht geht und nichts sehr schmerzhaft sein kann.

Und das hat sie so erregbar gemacht?

Du und Lilly, ihr habt es schwer gehabt mit ihr, ich weiß, ich übrigens auch. Nur an Nicki hatte sie keinen Zweifel. Sie ist viel zu früh gestorben, meine Marjana. Ich hätte ihr gerne geholfen, aber

das konnte und wollte sie nicht akzeptieren. Statt-
dessen hat sie Lilly an mich abgegeben.

Und mich an Ödön.

Das Wetter kippte, und sie hatte sich noch immer
nicht entschieden, was das Richtige für sie wäre,
auf jeden Fall etwas anderes als bisher.

Als die Sonne wieder auf den Balkon schien, öffnete sie die Tür, und ihr fiel auf, dass zumindest
die Tomatenstaude um einiges gewachsen war und
den Efeu weit hinter sich gelassen hatte. Eigentlich
konnte sie nur aus einem Flugsamen entstanden
sein. Wer würde Ende September im Freien Tomaten säen, noch dazu in einem Topf, in dem schon
andere Pflanzen lebten. Aber die wenigen Regen-
tropfen, die von der Seite in den Balkon drangen,
hatten wohl genügt, um alle drei am Leben zu halten. Offensichtlich hatten sie sich wurzelweise auf
eine Art Burgfrieden geeinigt, wie das auch bei
Haustieren üblich war.

Jeden Nachmittag ging sie – es schien ein mil-
der Spätherbst zu werden – durch eine andere
Straße gegen Osten, bis zur Stadtgrenze, gelegentlich auch darüber hinaus, um sich die Gegend Geschäft um Geschäft, Gasthaus um Gasthaus und
was ihr sonst noch wichtig schien, wie Arztpraxen
und Ämter, einzuprägen. Je weiter sie bei diesen
Erkundungsgängen kam, desto agrarischer wurde
der Eindruck. Nicht ländlich im Sinn von Villen

und privaten Gärten, sondern eher betrieblich mit häufiger werdenden Produktionsstätten, die wenig mit den dörflichen Bauernhöfen, wie sie sie kannte, gemein hatten, sondern eher wie auf die Großstadt ausgerichtete Nahversorger wirkten. Die Ab-Hof-Geschäfte befanden sich an der Straße oder in den halb offenen Innenhöfen und verkauften hauptsächlich Gemüse, manchmal auch Fleisch von Tieren, die gerade erst geschlachtet und von den Eignern selbst verarbeitet worden waren, wie spezielle Würste, selbst geräucherter Speck, aber auch frische Innereien.

Zu ihrer Verwunderung waren es meist Menschen in ihrem Alter, mit dem neuesten Handy in der Brusttasche, die diese städtische Landwirtschaft betrieben. Wenn sie mit jemandem von ihnen ins Gespräch kam, war von digital basierten Techniken und Methoden die Rede, die anzuwenden Sinn mache, schon alleine deswegen, weil sie Energien und Ressourcen sparten, verbunden mit einer zeitgemäßen Logistik. Sie versuchten von den Langzeittransporten wegzukommen, damit die Märkte in der Stadt mit tatsächlich frischer Ware versorgt würden.

Plötzlich hatte sie Lust, sich in einer der Gärtnereien, die es in dieser Gegend geben musste, umzuschauen, um herauszufinden, wie sich diese städtische Agrarwirtschaft von den Gärtnereien, wie ihr Vater eine betrieb, unterschieden.

Nachdem sie bei einer jungen Frau ein Glas mit Rhabarbermarmelade und eines mit Kastanienhonig gekauft hatte, fragte sie nach den Gärtnereien. Sie zählte einige auf, doch sei wohl die ein paar Häuser weiter befindliche am interessantesten. Und sie begann mit zunehmender Begeisterung von den Weinbergers, Emmerich und Sohn Moritz, zu reden, die nicht nur ihre Pflanzen, ob Blumen oder Gemüse, selbst zogen und nur selbst Gezogenes lieferten, sondern auch noch eine Aquaponik-Anlage betrieben, die sehr erfolgreich zu werden versprach.

Aquaponik?

Das sei eine Technik, die es ermögliche, Fisch- und Pflanzenzucht in einer Anlage zu vereinen, wobei das Wasser, in dem die Fische schwämmen und das sie mit ihren Ausscheidungen anreicherten, die Pflanzen ernährte, während die Pflanzen dazu beitrugen, das Wasser zu filtern, das mit nur geringem Verlust zu den Fischen zurückgeleitet werde. Das sollte sie sich auf jeden Fall anschauen, wenn sie so etwas interessierte.

Es interessierte sie. Die Torflügel der Gärtnerei standen offen, und während sie noch überlegte, ob sie sich zuerst die Beete und Glashäuser anschauen oder gleich zu dieser Anlage gehen sollte, kam ein älterer Mann auf sie zu und stellte sich als Emmerich Weinberger vor. Er erbot sich, mit ihr einen

Rundgang durch die Gärtnerei zu machen, wobei sie immer wieder Fragen stellte, die ihn ihrer Sachkundigkeit wegen aufhorchen ließen. Als er sie daraufhin ansprach, erklärte sie, selbst aus einer Gärtnerei zu stammen und schon als Kind mitgeholfen zu haben.

Emmerich ging sehr auf sie ein, fragte sie sogar, ob es sie denn nicht zurückziehe zu den Pflanzen.

Es überraschte sie selbst, als sie tatsächlich nickte. Noch vor einer Stunde hätte sie wohl den Kopf geschüttelt.

Ich frage deshalb, weil es immer schwieriger wird, junge Mitarbeiter, die gewisse Kenntnisse mitbringen, zu engagieren. Die meisten, die sich melden, sind Verkäufer und Verkäuferinnen aus Super- oder Landmärkten, doch wir brauchen Gartenkundige, die zumindest mit Pflanzenaufzucht und -pflege vertraut sind.

Er blieb stehen und schaute ihr direkt ins Gesicht: Wären Sie interessiert daran?

In ihrem Kopf fand mit einem Mal eine Art Krieg statt, auf den sie nicht vorbereitet war.

Hätten Sie denn eine freie Stelle?

Nicht nur eine. Wir sind ein Familienbetrieb, aber wir können nicht alles alleine machen. Zurzeit haben wir mehr Nachfragen, als wir bedienen können. Sogar für die Fische interessiert man sich schon. Bitte, denken Sie darüber nach.

Das geht mir zu schnell. Eigentlich bin ich gekommen, um mir die Anlage anzuschauen, diese Tomaten-Fisch-Zusammenarbeit.

Emmerich lächelte: Ich habe vergessen, wie jung Sie sind. Ich weiß, junge Leute interessieren sich mehr für moderne Techniken als für händische Aufzucht.

Jetzt lächelte auch sie: Die Anlage interessiert mich, aber wenn, dann würde ich lieber mit Jungpflanzen als mit Fischen arbeiten.

Kommen Sie, Emmerich deutete in die Richtung, in die sie zu gehen hatten.

Es ist eher eine Versuchsstation, aber sie hat Zukunft. Schon jetzt fragen Restaurants, die von uns Kräuter und Frischgemüse beziehen, wann sie auch Fische geliefert bekommen.

Vor der Anlage saßen drei junge Männer, etwa in ihrem Alter, und rauchten. Einer von ihnen sah sie kommen und hob die Hand zum Gruß, worauf sich auch die beiden anderen umdrehten. Und dann geschah etwas, womit sie nicht gerechnet hatte. Sie verständigten sich untereinander in Gebärdensprache.

Sie bemerkte, wie der eine, der sie zuerst gesehen hatte, an die beiden anderen gebärdete: Rote Katze, geil! Nimm dich in Acht, Moritz. Auch wenn sie noch so harmlos dreinschaut, die hat es in sich.

Sie war dermaßen verblüfft, dass sie nicht sogleich reagieren konnte.

Aber als der Zweite dann mit einem: Noch dazu eine Grünäugige, Moritz, die durchbohrt dich allein mit ihrem Blick! nachlegte, antwortete sie, langsamer als die beiden, aber offensichtlich verständlich: Wenn ihr weiter solchen Scheiß redet, fahre ich die Krallen aus, ihr Blödmänner!

Der Dritte, Moritz, Emmerichs Sohn, fing lautlos zu lachen an, klatschte in die Hände und formte mit den Lippen ein Bravo!, das auch zu hören war. Danach gebärdete er an sie gerichtet: Willkommen bei den Tomatenfischen. Wenn es dich interessiert, zeige ich dir gerne, was wir mit den Fischen und den Tomaten so machen.

Der Erste wandte sich mit einer gesprochenen Entschuldigung an sie. Er habe nicht erwartet, dass sie mit der Gebärdensprache vertraut sei. Er selbst sei nicht gehörlos, sei aber der ewige Übersetzer, schon seit der Zeit in der Gartenbauschule. Gerade deswegen sei es ihm besonders peinlich, was er da gesagt habe.

Sie winkte ab: Nichts für ungut! Sie wolle bloß noch einen Blick in diese Tomaten-Fisch-Anlage werfen, bevor es dunkel werde.

Als Emmerich sie zum Eingang zurückführte, dämmerte es bereits: Ich meine es ernst. Schon in zwei Wochen beginnen wir mit den Frühjahrsblühern, und die ersten Schnee- und Lenzrosen müssen vor Weihnachten geliefert werden.

Sie war so verwirrt, dass sie sich im Stehen mit beiden Händen an den Kopf griff: Ich habe nie daran gedacht …

Er entschuldigte sich dafür, sie mit seinem Angebot überfallen zu haben, aber dass sie auch die Gebärdensprache könne, habe ihn noch mehr für sie eingenommen. Sie solle sich in aller Ruhe entscheiden: Kommen Sie einfach vorbei, sooft Sie Zeit haben, und schauen Sie sich den Tagesablauf an. Erst wenn Sie wirklich sicher sind, dass es das Richtige für Sie wäre, geben Sie mir Bescheid. Einverstanden?

Sie nickte. Noch war ihr nicht klar, ob es das Richtige für sie wäre. Es war ziemlich kühl geworden, und sie ging, so schnell sie konnte, um sich warm zu halten.

Plötzlich kam ein Fahrrad hinter ihr her und bremste etwa einen Meter vor ihr scharf. Es war Moritz mit dem Rhabarber- und dem Kastanienhonigglas. Sie hatte sie irgendwo abgestellt und vergessen.

Würde mich freuen, wenn du wieder bei uns vorbeikommst, begann er zu artikulieren, da er die Hände für das Fahrrad brauchte. Sie bedankte sich und fror so offensichtlich, dass er ihr anbot, sie mit dem Fahrrad nach Hause zu fahren. Sie überlegte kurz, schüttelte dann aber den Kopf. Es sei nicht mehr so weit, dass es sich auszahle, und bedankte sich noch einmal.

Als sie zu Hause war, holte sie zuallererst den Topf mit der Tomatenstaude vom Balkon und stellte ihn auf eine der südseitigen Fensterbänke. Sie war wieder ein Stück gewachsen. Anderntags würde sie die Staude mit einem Stab stützen, damit sie sich nicht verkrümmte, und sie von nun an auch regelmäßig gießen.

Anfang Dezember kam ihr Vater wieder zu Besuch. Er war guter Stimmung, weil der Auftrag, in der nächsten kleinen Stadt einen Park zu gestalten und zu begrünen, nach der Ausschreibung an ihn vergeben worden war, nicht nur ein lukrativer Auftrag, sondern auch einer, über den er sich als Mensch freue. Und deshalb lade er sie zum Abendessen in sein Hotel ein, dessen Restaurant sich nicht nur sehen, sondern in dem man es sich auch schmecken lassen könne. Sie bedankte sich, wollte aber lieber selbst kochen. Sie habe ihm viel zu erzählen und auch etwas zu zeigen.

Also gut, dann werde er mit einer Flasche guten Weins erscheinen, wenn sie sich schon die Mühe mache.

Erst nach dem Abendessen begann sie von ihrem neuen Arbeitsplatz zu sprechen, an dem sie für die Jungpflanzenaufzucht zuständig sei: ein Familienbetrieb, Vater, Mutter, dazu ein älteres Ehepaar, das schon seit dreißig Jahren für die Weinbergers arbeite, sowie zwei junge Männer und Sohn Moritz, alle aus demselben Jahrgang der Gartenbauschule, in der du auch warst und in die du Nicki schicken willst. Die drei hätten neben ihrer Arbeit bei der Gemüseaufzucht auch noch eine Tomaten-Fisch-Aquaponik-Anlage errichtet und würden weiter damit experimentieren, schon der Nachfrage bei den Fischen wegen.

Ihr Vater wusste nicht, ob er sich freuen oder gekränkt sei sollte, einerseits, weil sie nicht in seine eigene Gärtnerei eingestiegen war, und andererseits, weil sie ihm erst jetzt davon erzählt hatte. Als sie ihm die genauen Tagesabläufe sowie das Prinzip der Eigenproduktion erklärte und dass deshalb nur auf Vorbestellung geliefert werde, meinte er, so ein Betriebsmodell könne sich auf die Dauer nur in einer großen Stadt mit exklusiven Restaurants und genügend Bedarf an ausgefallenem Blumenschmuck halten. Dennoch schien es ihn zu interessieren, war doch seine eigene Gärtnerei auf den Einkauf von Jungpflanzen angewiesen, deren Aufzucht aus Personalgründen nicht mehr leistbar wäre. Er sei, auch im Interesse von Nicki, bis auf die notwendigen Zierbüsche und Stauden beinah ganz auf die Landschaftsgärtnerei umgestiegen, die sich angesichts der vielen Neubauten in der Umgebung eher rentiere als der gut sortierte Pflanzenverkauf.

Als er sich schließlich zum Gehen anschickte, schlug sie ihm vor, anderntags bei den Weinbergers vorbeizukommen, die würden sich sicher freuen, ihn kennenzulernen.

Nur zu gerne! Aber leider müsse er morgen in aller Früh zurück. Es gehe um eine Projektbesprechung in der Gemeinde des Ortes, in dem der Park entstehen solle, aber beim nächsten Besuch werde er das sicher nachholen.

Noch während er sprach, bemerkte er den Pflanzentopf auf der Fensterbank. Die Tomatenstaude war inzwischen bis zum Fensterkreuz emporgewachsen und benutzte den Fenstergriff, nachdem der Stützstab genau dort endete, zur Aufhängung, um sich von dort aus in eine Hängeposition zu begeben. Sie erzählte ihm, wie sie zu dieser Tomatenstaude gekommen sei, die sie nie gedüngt oder umgetopft, immer nur gegossen habe: Und du wirst lachen, sie blüht.

Ungläubig ging ihr Vater ans Fenster, berührte sogar die kleinen gelben Sterne, schüttelte verwundert den Kopf und murmelte etwas von Treibhaussymptomen.

Als er bereits vor der Tür stand, sagte er: Bevor ich es vergesse, Ödön hat mich neulich besucht. Er hat die Firma gewechselt und pachtet oder kauft sogar Agrarflächen in den östlichen Nachbarländern für seinen neuen Chef. Das sei der *Deal der Stunde* und noch ertragreicher als der konservative Immobilienhandel. Inzwischen habe er auch selbst, wenn auch in wesentlich kleinerem Rahmen, zugegriffen: Wie du weißt, hat er immer schon ein Händchen für Anteile gehabt. Na ja, dazu muss man geboren sein. Übrigens hat er sich auch nach dir erkundigt, ob es dir wohl gut gehe, nach all dem, was passiert sei, erst dein Kind, dann deine Mutter …

Für einen Augenblick verlor Doris die Kontrolle: Sehr gut, ausgesprochen sehr gut, kannst du ihm ausrichten.

Sie war selbst von der Heftigkeit ihrer Reaktion überrascht und versuchte sofort, sich zurückzunehmen: Du weißt doch, Papa, dass es mir gut geht.

Ihr Vater hatte die Augenbrauen hochgezogen und ihr dann leicht auf die Schulter geklopft, wie nach einem Hustenanfall: Ich dachte, du wärst darüber hinweg.

Bin ich. Ich ärgere mich bloß über die *Deals der Stunde*, von denen er die Finger nicht lassen kann.

Es war ihr tatsächlich eine Zeit lang gelungen, Ödön aus ihren Gedanken zu verbannen, nicht zur Gänze aus den Träumen. Sie konnte es ihrem Vater nicht verzeihen, dass er ohne Not auf Ödön zu sprechen gekommen war. Oder hatte er das mit der als Heilmittel empfohlenen Alltäglichkeit gemeint?

In der Tür drehte sich ihr Vater noch einmal um: Du kommst doch zu Weihnachten? Nicki und Lilly würden nicht ohne dich feiern wollen, noch dazu, wo eure Mutter nicht mehr dabei ist.

Geplant habe ich es.

Ein Alltag, an dem sie kaum etwas auszusetzen fand. Nach und nach hatte sie sich mit über ihre Kenntnisse hinausreichender Fachliteratur versorgt, wachte über die Gesundheit und das Wachstum der Frühlingsblüher, räumte von jeder Sorte ein paar Exemplare zur Seite, um herauszufinden, ob bei der Pflege mit Wasser gespart werden, man mit dem eigenen Kompost ohne zusätzlichen Dünger auskommen könne und ob mit niedrigeren Treibhaustemperaturen dieselben Ergebnisse zu erzielen wären.

Man ließ sie machen, die sie schon als Kind gelernt hatte, wie mit Pflanzen umzugehen sei, und daher wisse, wie es geht, sagte Emmerich des Öfteren zu seiner Frau Lore. Und zu ihr, Doris, sie könne sich jederzeit an ihn wenden, wenn sie sich bei einer der Maßnahmen nicht sicher sei.

Emmerichs Frau galt als der Motor des Unternehmens. Sie war für die Organisation und die Buchhaltung zuständig und gleichzeitig eine exquisite Floristin (Ganztagsfloristin, bevor sie Emmerich geheiratet hatte), die für ihre ehemaligen Hotelkunden immer noch besondere Gestecke lieferte, wie sie sonst nirgends zu haben waren.

Zu Mittag gegessen wurde im Gasthaus nebenan, das Emmerichs Schwester gehörte, die wiederum das Gemüse für ihre Küche von Emmerich bezog, mittlerweile auch die Fische.

Das nennt man gegenseitige Qualitätskontrolle, sagte Emmerich lachend, und Moritz gebärdete: Die Wirtin ist der Fisch, und wir sind die Tomaten. Worauf Erik etwas in der Art von: Du meinst, dass wir den Scheiß essen, den sie kocht?!

Er und Kalman waren Zwillinge, wenn auch zweieiig, und ähnelten einander nur von der Statur her. Wenn sie nicht gerade mit der Tomaten-Fisch-Anlage beschäftigt waren, arbeiteten sie im Gemüseanbau und im Winter, wenn die Zeitarbeiter im Tourismus oder in anderen Gelegenheitsjobs arbeiteten, in der Lieferung. Wie Moritz brannten sie darauf, die Anlage zu erweitern.

Klaus und Katalin waren für die Aussaat und die Kompostherstellung, aber auch für das Jäten in den Treibhäusern zuständig und schulten die Zeitarbeiter im Schnellverfahren ein bei dem, was sie außer den Lieferungen noch zu tun hatten.

Meist ergab es sich, dass Doris neben Moritz zu sitzen kam. Sein Vater hatte ihn ihr gegenüber einmal als schüchtern beschrieben. Das war er wohl auch. Dennoch überraschte er sie immer wieder mit kurzen Kommentaren, die er ihr oft viel zu schnell übermittelte, so dass sie die Pointe nicht gleich erfasste, doch lernte sie rasch und konnte sich das Lachen kaum verbeißen, sobald sie verstanden hatte.

Manchmal, wenn sie ein paar Minuten Pause machen und ein Glas Wasser trinken musste, setzte er sich zu ihr und erzählte ihr mit der entsprechenden Fingergymnastik und den dazugehörenden Grimassen Witze oder skurrile Dreiminutengeschichten, ohne ihr dabei in die Augen zu schauen, sozusagen in vollem Ernst, so dass ihr Oberkörper bereits zu vibrieren begann, bevor seine Finger aufgehört hatten, sich zu bewegen.

Es gab auch Anzügliches in seinen Erzählungen, was sie anfangs befremdet hatte, aber wenn sie die Brauen hochzog, nahm er ihre Hand und klopfte sich damit auf die eigenen Finger, worauf sie wieder lachen musste.

Wann immer es in der Tomaten-Fisch-Anlage etwas Neues gab, nutzte er es, um ihren Arm zu nehmen, es ihr zu zeigen und zu erklären. Mit der Zeit gewöhnte sie sich an den Fischgeruch, der ihr anfangs zuwider gewesen war, obgleich sie gerne Fisch aß.

Moritz war einen halben Kopf größer als sie, mit dunklem, halblangem Haar und Fingern, die an einen Pianisten denken ließen, lebendig, blitzschnell in ihren Reaktionen, sozusagen haptische Organe, die als Sprachwerkzeuge dienten. Ihm fiel vieles auf, was auch sie sah, aber nicht gleich erkannte.

Es war später Nachmittag und draußen dunkel. Erik und Kalman waren noch mit Lieferungen unterwegs, und sie konnte Moritz nirgendwo sehen, also machte sie sich auf den Weg zur Tomaten-Fisch-Anlage, wo im sogenannten Büro noch Licht brannte. Gegen Ende der Arbeit saßen er und die Zwillinge noch gerne auf dem alten ausrangierten Sofa, rauchten, tranken Bier und unterhielten sich.

Die Tür stand offen, und sie hörte Geräusche, als röchle jemand oder hätte einen Asthmaanfall. In Sorge ging sie hinein, und da lag Moritz mit dem Rücken zu ihr, bewegte sich im selben Rhythmus wie sein Keuchen. Um sicherzugehen, dass er bloß onanierte und nicht doch an Atemkrämpfen litt, kam sie einen Schritt näher, und für einen Augenblick fiel ihr Schatten auf ihn, während er zuckte und geschehen lassen musste, was geschah. Trotzdem hatte er ihren Schatten erkannt, denn er artikulierte kurz darauf ihren Namen, und das überdeutlich. Sie hatte ihm die Peinlichkeit ersparen wollen und sich sofort zurückgezogen.

Während sie zum Personalraum ging, musste sie an Ödön denken, der es ihr einmal vorgezeigt hatte, mit der Begründung, er wolle nicht bloß mit ihr schlafen, sondern sie auch über die männliche Sexualität aufklären. Männer seien nicht bloß Grobiane, die sich befriedigen wollten, sie könnten auch einfachen Berührungen gegenüber äußerst sensibel sein. Er habe einen Mann gekannt, der seinen erigierten Penis von einer Fliege, deren Flügel er festhielt, kitzeln habe lassen. Mit merkwürdigen Geschichten wie dieser erzeugte er bei ihr eine Art von Erregung, deren sie sich anfangs geschämt hatte, zumindest bis ihr klar wurde, was Ödön damit bezweckte.

Ein ähnliches Gefühl ließ sie jetzt Moritz in einem anderen Licht sehen. Plötzlich war er nicht mehr bloß der Kumpel, sondern ein Mann, der sein Begehren nicht anders zu stillen gewusst hatte.

Im Personalraum zog sie sich Mantel und Mütze über und fuhr mit der Straßenbahn nach Hause. Es war Freitag, und sie hatte frei an diesem Wochenende.

Sie saß in der Küche, noch immer gewärmt von dem Bad, das sie genommen hatte, strich sich ein paar Brote und trank heißen Tee, als ihr Handy klickte. Die Nachricht kam von Moritz: Hast du nicht versprochen, mir demnächst deine langsprossige, winterblühende Tomatenstaude zu zeigen? Auch möchte ich dir das Buch bringen, über das wir gesprochen haben. Kann ich vorbeikommen?

Weißt du überhaupt, wo ich wohne?

Habe ich längst ausspioniert.

Kommt ein bisschen plötzlich. Sagen wir, in einer Stunde?

Sie begann die Dinge in ihrer Wohnung an ihren Platz zu stellen oder in Kästen verschwinden zu lassen, zog den Bademantel aus und eine Bluse, die Ödön ihr einmal aus Budapest mitgebracht und die sie viel zu selten, und schon gar nicht zu Jeans, getragen hatte, an. Jetzt justament mit Jeans und warmen Socken.

Es war Ende Februar, als das Kind in ihrem Bauch gestorben war, an einem Schalttag, was bedeutete, dass es nur alle vier Jahre hätte Geburtstag feiern können. Sie hatte ihm insgeheim einen Namen gegeben, Quatember, ein Wort, von dem sie nur wusste, dass es mit der Zahl vier zu tun hatte. Es klang schön in ihren Ohren.

Ihr fiel ein, dass sie die Tomatenstaude noch nicht gegossen hatte, sie holte die kleine Wasserkanne, legte ihren Zeigefinger auf die Erde und goss. Täuschte sie sich, oder waren die beiden Blüten zu Bällchen gewelkt? Sie holte sich den Schemel, nein, es waren Früchte, grüne Kügelchen, die an manchen Stellen bereits kaum erkennbare Zeichen einer beginnenden Rötung aufwiesen. Und nicht nur das, die nächste Blattachse hatte vier weitere Blüten produziert, die sich zwar noch nicht aufgetan hatten, jedoch eindeutig gelb schimmerten. Ihr Herz klopfte, und sie griff sich automatisch auf den Oberbauch. Als sie es bemerkte, lachte sie auf. Unsinn!

Moritz stand in der Tür und wirkte eher verlegen. Während sie ihn zum Küchentisch führte, zog er bereits eine Flasche Weißwein aus der Tasche, um sie gleich auf den Tisch zu stellen, und danach das Buch, dessen Inhalt er aufs Neue zu erklären versuchte. Sie nahm zwei Weingläser vom Regal, öffnete eine Packung Chips, leerte den Inhalt in eine Schüssel und bedeutete ihm, sich doch zu setzen und erst einmal einen Schluck Wein mit ihr zu trinken.

Er öffnete die Flasche und goss ein, wobei seine Hände ein wenig zitterten. Für einen Augenblick konnte sie sich in der Rolle von Ödön sehen, wie er sie zu beruhigen versucht hatte, als sie ihn zum ersten Mal in seiner Wohnung besuchte und er sie langsam, als handle es sich um ein Ritual, auf das vorbereitete, worauf es hinauslaufen sollte.

Nach dem ersten Schluck begann Moritz sich dafür zu entschuldigen, dass er sie ungewollt erschreckt habe, das sei sonst nicht seine Art. Dabei gebärdete er nervös und blitzartig, bis sie einfach seine Hände nahm, sie auf den Tisch legte und flachdrückte. So saßen sie eine Weile, dann begann er zu lächeln.

Sie hob das Glas: Lass uns anstoßen!

Die Gläser erzeugten einen ungewöhnlich anhaltenden Ton, den er nicht hören konnte, aber er war es gewöhnt anzustoßen.

Sie stand auf: Die Tomatenstaude trägt neuerdings Früchte, ob du es glaubst oder nicht. Dabei habe ich sie weder umgetopft noch gedüngt, nur gegossen.

Er folgte ihr und berührte dabei ihren Oberarm. Er war groß genug, um ohne Schemel an die Tomaten zu kommen.

Interessant, gebärdete er und griff vorsichtig nach den beiden winzigen Kugeln: Ich frage mich nur, wie sie bestäubt wurden. Das sei in der Anlage noch immer ein Problem. Aber mit den Vibrationen einer elektrischen Zahnbürste oder eines dafür zugerichteten Rasierers lässt sich das schon machen. Das hast du nicht gewusst, stimmt's?

Habe ich nicht, aber ich setze auf Jungfernzeugung.

Er schüttelte den Kopf: Vielleicht war eine Hummel zu Besuch oder die Zugluft, wenn du vergessen hast, die Zimmertür zu schließen, während das Fenster offen stand.

Auch er wusste die Blattpflanze nicht zu benennen, den Efeuschössling jedoch schon und grinste: Eine sehenswerte *ménage à trois*!

Als er sich ganz zu ihr umwandte, gerieten seine Hände so nahe an ihre Brüste, dass sie sie beinahe berührten.

Sie schaute ihn an: Willst du sie sehen?

Er errötete, gebärdete aber sogleich: Neugier ist die Mutter aller Wissenschaften!

Sie begann ihre Bluse aufzuknöpfen, darunter war nichts als Haut.

Er schien wieder nervös zu werden: Meinst du das im Ernst?

Sie nahm seine Hände und legte sie auf ihre Brustspitzen: Mir ist jetzt danach.

Wann immer sie einander in der Gärtnerei begegneten, senkten sie den Blick, wenn andere in der Nähe waren. Es gab viel zu tun. Emmerich hatte Listen erstellt, was in dieser Woche unbedingt zu geschehen habe und was sich im Notfall auf die nächste verschieben ließe. In den Treibhäusern wurde gesät, getopft und gelüftet, nicht bloß der frischen Luft wegen, die Pflanzen sollten sich schrittweise an Außentemperaturen gewöhnen.

Moritz hatte sich mit dem Vorschlag der grundsätzlichen Erweiterung der Tomaten-Fische durchgesetzt. Seine Hauptargumente waren Ressourcenersparnis und Rentabilität. Nebenbei war er in Gedanken bereits auf der Suche nach noch nicht erprobten Tier-Pflanzen-Symbiosen. Es gebe genügend natürliche Symbiosen ähnlicher Art, an denen man sich orientieren könne.

Im Büro häufte sich Fachliteratur, darunter auch solche für Fassadenbegrünung, an der vor allem Kalman dran war, während Erik, der Ästhet, ein Konzept für Küchengärten entwickelte, das nicht nur die Mäuler, sondern auch das Auge der Pflanzenkäufer erfreuen sollte. Seine Pläne wurden sogar in einer der führenden Gartenzeitschriften veröffentlicht, worauf er jeder seiner Lieferungen einen geradezu künstlerisch anmutenden Plan für

die Pflanzenauswahl und deren Positionierung bei-
legte.

Klaus und Katalin schüttelten gelegentlich den
Kopf über die vier, die offensichtlich die Gärtnerei
neu zu erfinden trachteten. Doris bezogen sie bereits mit ein, da auch sie einige Vorschläge gemacht
hatte, darunter eine Methode, mit der man die Blü-
tezeit von Pflanzen durch gezielte nächtliche Licht-
gaben an den gewünschten Zeitpunkt vorziehen
konnte. Das ging aber nur, wenn sie selbst dabei-
blieb, Emmerich hatte nicht in eine automatische
Belichtung investieren wollen. Auf diese Weise ma-
nipulierte Pflanzen seien zwar in Einzelfällen gefragt, würden aber den Pflanzenverkauf insgesamt
nicht merkbar erhöhen.

Sie hatte es ohne Diskussion hingenommen,
denn wann immer die Belichtung anstand, verbrachten sie und Moritz die Nacht gemeinsam im
Büro.

Es war eine Frage der Zeit, dass ihre Beziehung von
den anderen bemerkt werden würde, aber sie hatten Gefallen daran, ein Geheimnis daraus zu machen. Ödön hatte ihr erklärt, dass die Geheimhaltung das Begehren steigere, und Moritz ließ sich
nur zu gerne dafür begeistern. So ging es eine
ganze Weile. Die Einzige, die einen Verdacht zu he-
gen schien, war Moritz' Mutter Lore. Doris spürte
es in ihrem Blick. Doch nur einmal meinte Lore

wie nebenbei: Ihr seid ein gutes Team, aber vielleicht solltet ihr ein wenig mehr schlafen.

Als sie es Moritz erzählte, verzog er das Gesicht, mehr, als die Gebärden es verlangt hätten: Sie weiß immer alles. Aber solange sie sonst nichts sagt, heißt das, dass sie es vermutet.

Verliebt, wie sie waren, versuchten sie, ihre Körper zu erhitzen, bis sie miteinander zu verschmelzen schienen und sich wünschten, im Leib des jeweils anderen zu erwachen, um auch seine Lust zu verspüren. Mittlerweile kannten sie ihre Körper so gut, dass die geringste Berührung eine Folge von weiteren Berührungen auslöste und sie jedes Mal den Wecker stellen mussten, um nicht durch gemeinsames Verschlafen aufzufallen.

Sie wünschte sich, Ödön wüsste davon und dass Liebe auch Kraft bedeutete und nicht nur eine Art von Streicheln, das aus Sehnsucht nach Erregung bloß noch die empfindlichsten Punkte berührte, die sich dann von selbst entluden. Sie und Moritz wollten das Gewicht des anderen spüren, auf sich, in sich und unter sich, Haut an Haut, im Austausch der Körpertemperaturen.

Sie war dermaßen erfüllt von ihrer Verliebtheit und der Arbeit, die genau das Richtige für sie zu sein schien, dass sie es manchmal auch körperlich zu spüren glaubte und sich unwillkürlich auf den Bauch griff, wie ein Kind, dem das Essen besonders gut geschmeckt hat. Sie fühlte sich insgesamt runder, nicht, dass sie zugenommen hätte, einfach nur runder. Auch war ihr die Zeit noch nie so rasch vergangen.

Sie und Moritz sprachen nie über ihre Beziehung. Sie lebten in sie hinein, Tag für Tag, Umarmung um Umarmung, ohne ein Wort über das, was sein würde, zu verlieren.

Ihre Periode war ausgeblieben, aber das geschah seit der Nachoperation immer wieder einmal. Sie dachte nicht an einen Schwangerschaftstest, sie würde es schon merken, wenn ein Wunder geschähe. Moritz dachte wahrscheinlich, sie würde die Pille nehmen. Vielleicht würde es ihn ja auch freuen, wenn sie schwanger wäre. Und selbst wenn nicht, sie würde klarkommen damit. Moritz hatte sie stark gemacht, so stark, dass sie glaubte, sich alles zutrauen zu dürfen.

Sie hatten begonnen, die immer wärmeren Wochenenden nicht bloß im Bett zu verbringen, und fuhren auf Moritz' Fahrrad, sie auf der Stange sitzend, mit seinem Atem im Nacken, zu den umliegenden Futterwiesen, bis hinein in die Mischwälder, meist zusammen mit Erik und Kalman, auf der Suche nach Pflanzen, die sich für eine Symbiose eignen könnten oder ihrer geringen Ansprüche und ihrer Robustheit wegen auch auf den Fassaden einer Stadt überleben könnten, nicht nur ihres

Aussehens wegen, sondern um die zu erwartenden Hitzetage um ein paar Grade runterzukühlen.

Die Ausbeute war nicht immer nennenswert, gut Ding braucht Weile, aber jedes Mal kehrten sie am Ende der Suche in irgendeinem Wirtshaus ein. Schon weil sie nicht herumkrakeelten, sondern sich meist lautlos unterhielten, behielt man sie im Gedächtnis und begrüßte sie beim nächsten Mal wie alte Bekannte.

Erik und Kalman spielten gelegentlich ironisch auf ihren *Liebestanz* an, wie sie es nannten, schienen sich aber nicht allzu sehr dafür zu interessieren und erweckten eher den Eindruck, einander in puncto Beziehung selbst zu genügen. Hauptsache, die *glorious four*, wie sie sich spaßhalber nannten, blieben im Team.

Auch die nächsten Zwergtomaten begannen, sich langsam zu röten. Sie hatte nicht das Herz, die beiden bereits ausgereiften zu essen. Im Gegenteil, sie steckte das erste Mal ein Düngerstäbchen in ihre Erde, die immer weniger zu werden schien, um es der Pflanze leichter zu machen, auch die jüngeren zur Reifung zu bringen.

Die anfängliche Geheimhaltung ihrer Beziehung ging langsam in eine unausgesprochene Selbstverständlichkeit über. Emmerich schmunzelte, wenn er sie und Moritz bei einer flüchtigen Umarmung überraschte, unterließ jedoch jede Anspielung.

Ihm gefiel die Intensität, mit der die vier auf ihrem eigenen Weg bestanden, auch wenn er hin und wieder Einwände hatte.

Und als er und Lore für eine Woche Urlaub machen wollten, was nichts anderes bedeutete, als verschiedene Gärtnereien, die mit ähnlichen Konzepten arbeiteten, zu besuchen und dabei etwas vom Stand der Dinge in den angrenzenden Ländern zu erfahren, setzte er sein volles Vertrauen in sie.

Er übertrug, probehalber, wie er sagte, die Gärtnerei den vieren, mit Klaus und Katalin zur Kontrolle im Hintergrund. Auch Doris wurde mit der Verantwortung für ihren Bereich betraut, ohne sie offiziell mit Moritz in Verbindung zu bringen. Er verlasse sich auf die *glorious four*, sagte er lachend, und hoffe, dass sie ihn nicht enttäuschen würden.

Doris fuhr gegen Abend nach Hause, um ihre Sachen zu packen. Erik und Kalman würden die Woche über im Büro übernachten, während sie mit Moritz im Haus der Weinbergers schlafen würde.

Im Briefkasten fand sie mitten unter der Werbung einen Brief. Beinah hätte sie ihn mitsamt der Werbung weggeworfen, wenn er ihr nicht quasi in die Hände gefallen wäre. An der gedruckten Adresse war ihr nichts aufgefallen, doch als sie den Brief wendete, sah sie Ödöns Namen und eine Adresse, die sie nicht kannte, von der Postleitzahl war abzulesen, dass es sich um die Landeshauptstadt handelte.

Ihr Herz setzte kurz aus, danach schlug es umso heftiger. Woher hatte er bloß ihre Adresse, wohl nicht von ihrem Vater, oder doch? Sie riss mit einem Finger das Kuvert auf, das sich dagegen sträubte, indem sich das Seidenpapierfutter schoppte. Das Briefpapier war der Breite nach zweimal gefaltet, so dass sie zuerst die Adresse des Absenders und wie man ihn anzusprechen hatte, zu sehen bekam, nämlich als Dr. (der Wirtschaftswissenschaften) Ödön Váry.

Ödöns Handschrift war wie immer gestochen filigran, eine Art Zierschrift, die ihre Schnörkel sparsam einsetzte, jedoch bei der Unterschrift nicht damit geizte.

Er sei jetzt in die Hauptstadt gezogen, um ihr näher zu sein als in ihrer Geburtsstadt, in der sie sich so gut wie gar nicht mehr aufhalte. Er vermisse sie mehr, als er sich je habe vorstellen können, wisse aber, dass es ihr schwerfallen würde, ihm zu vergeben. Trotzdem bitte er sie aufs innigste, wieder mit ihm Kontakt aufzunehmen. Und sei es nur ein Treffen unter Freunden, aber er müsse unbedingt wissen, wie es ihr wirklich gehe. Er könne nicht leben mit dem Gedanken, sie leide noch immer, nur weil er, wie schon öfter in seinem Leben, einer Depression anheimgefallen sei. Die wäre nun vorbei, und das Einzige, was ihm noch Sorgen mache, sei ihr Befinden. Er schlage ihr hiermit ein Treffen im Restaurant des Hotels, in dem ihr Vater immer absteige, vor, und zwar für morgen um 19:30 Uhr. Er wisse, dass sie bis 18 Uhr arbeite, da habe sie genügend Zeit, sich umzuziehen. Seine Handynummer sei noch immer dieselbe, er warte auf ihre Bestätigung. Eine kurze Nachricht genüge ihm.

Sie zerriss den Brief und warf ihn in den Abfalleimer. Unter der Dusche fiel ihr ein, dass sie Ödöns Telefonnummer längst gelöscht hatte. Sie war erleichtert, die Versuchung, ihm ein »Lass mich doch ein für alle Male in Ruhe!« zu posten, hatte sich damit erübrigt.

Als sie alles, was sie für die Woche brauchte, beisammenhatte, ging sie zur Tür. Es lag ein Blumenstrauß bester floristischer Qualität, bestehend aus weißen Lilien, gelben Lupinen, blauen Baptisien, umrahmt von den Blättern einer jungen Darmera peltata, davor. Sie brauchte das kleine Kuvert gar nicht erst aufzumachen, um zu wissen, von wem er war. Sie überlegte, ob sie den Strauß in ihre Wohnung nehmen und mit Wasser versorgen sollte.

Tut mir leid, sagte sie leise zu dem Strauß, aber ich muss dich hier liegen lassen, damit er weiß, dass ich nicht zu Hause bin. Wie sie ihn kannte, hatte er ihn bringen lassen. Sie hatte also einen gewissen Vorsprung, lief nach unten und stieg in die Straßenbahn, die gerade vorbeikam. Bald nach dem Blumenstrauß würde er selbst kommen, wenn sie nicht sofort antwortete. So hatte er das früher auch gemacht, er würde nicht bis morgen warten. Geduld war für ihn verschwendete Zeit, wenn er sich einmal etwas in den Kopf gesetzt hatte.

Sie überlegte, ob sie Moritz davon erzählen sollte, kam aber gleich wieder davon ab. Er würde nie begreifen, warum sie so lange mit Ödön zusammen, um nicht zu sagen, in seiner Obhut geblieben war. Da müsste die Rede dann auch auf Quatember kommen, das wollte sie schon gar nicht.

Als sie in der Gärtnerei war, fühlte sie sich sicher, und Moritz' Umarmung machte sie zuversichtlich. Ödön würde endlich begreifen müssen, dass sie nicht mehr zur Verfügung stand, unter welchen Umständen auch immer.

Es war eine der liebevollsten Nächte, die sie je mit Moritz verbracht hatte, und der Schatten, den Ödön wieder auf ihr Leben geworfen hatte, zersetzte sich in lauter einzelne Lichtpunkte, die mit Ödön nichts mehr zu tun hatten.

Die *glorious four* kümmerten sich, wie versprochen und mit Ehrgeiz, um den Alltag in der Gärtnerei. Sie wussten, was zu tun war, verbesserten gewisse Maßnahmen und hofften, dass diese Verbesserungen nach der Rückkehr von Emmerich und Lore akzeptiert würden, tranken abends Bier mit Klaus und Katalin, suchten nach den geeignetsten Handwerkern, die bei der Erweiterung der Tomaten-Fische vonnöten waren, pflegten, lieferten und planten.

Mitte der Woche fragte Moritz, ob sie wohl ihre Tomatenstaude ausreichend gegossen habe. So robust sie auch sein mochte, ohne Wasser würde sie nicht überleben. Ihr war, als hätte Moritz sie in die Seite geboxt. Sie erinnerte sich, dass sie die Staude zwar gegossen, aber den Plastikfisch, in dem Wasser gespeichert werden konnte, das er dann Tropfen für Tropfen durch einen verkehrt in die Erde gesteckten Tonkegel abgab, wohl nicht in den Topf gesteckt hatte. Sie schob es auf ihre Verwirrung durch Ödöns Brief, aber jetzt, wo es ihr wieder eingefallen war, musste sie dringend in ihre Wohnung.

Moritz holte sein Fahrrad aus dem Schuppen: Komm, ich fahr dich schnell hin und gleich wieder zurück. Erik und Kalman haben es nicht so eilig mit dem Bier, die werden schon warten auf uns.

Mit Moritz konnte sie sich sicher fühlen, sie setzte sich auf die Stange, soll Ödön nur sehen, wenn er in der Gegend umhergeisterte, dass sie nicht auf ihn angewiesen war, nie mehr auf ihn angewiesen sein würde.

Moritz fuhr wie immer sehr schnell. Sein Atem kitzelte sie, und als sie die Schultern hochzog, küsste er sie auf den Nacken.

Zum Glück war der Verkehr nicht mehr so dicht. Es gab keine Radwege in diesem Außenbezirk, und sie gab ihm wie immer ein Zeichen, dass er langsamer fahren solle. Er lachte, dass sie es spüren konnte, und trat weiterhin heftig in die Pedale. Unter all den Autos, die ihnen entgegenkamen, war nur eines, das ebenso nahe am Mittelstreifen entlangfuhr wie Moritz mit seinem Rad. Fahr zur Seite, rief sie, aber er konnte das hinter ihr weder hören noch von ihren Lippen ablesen. Er mochte es, ihr zu zeigen, wie präzise er die Abstände zu anderen Fahrzeugen einzuschätzen wusste, und dabei eine kleine Schau abzuziehen.

Plötzlich sah sie, dass die immer näher kommende Lenkerin mit einer Hand nach etwas suchte. Da sie wusste, dass Moritz sie nicht hören konnte, wahrscheinlich hatte er die Lenkerin gar nicht bemerkt, sondern sich nur an ihrem Auto orientiert, drehte sie sich in Panik nach ihm um, schrie mit offenem Mund, damit er die Gefahr erkenne, was ihn zu irritieren schien, und im selben Augenblick geriet auch die Lenkerin aus der Spur.

Beim Aufprall wurde Doris über das Auto der Frau auf die andere Seite der Straße geschleudert und dort von einem Auto, das nicht schnell genug hatte bremsen können, angefahren. Sie kam nicht mehr zu Bewusstsein und starb im Rettungswagen.

Moritz musste wegen fahrlässiger Tötung ins Gefängnis, wo er die erste Zeit an seiner Schuld zu ersticken drohte. Einer Psychotherapeutin gelang es, ihn langsam in sein Leben zurückzuholen. Er begann, wieder Pläne für die Aquaponik zu entwerfen, über die er mit Erik und Kalman sprach, wenn sie ihn besuchten. Kamen seine Eltern, war er voller Scham und Schmerz, und er hatte das Gefühl, sie maßlos enttäuscht zu haben. Es dauerte Jahre, bis sie ihn davon überzeugen konnten, dass das Leben ihm, nachdem er die Strafe abgesessen habe, eine zweite Chance geben werde.

Emmerich, Lore und Doris' Vater blieben in Kontakt miteinander. Davon, dass Doris tatsächlich schwanger gewesen war, wurde nur ihr Vater in Kenntnis gesetzt. Er entschied, niemandem etwas davon zu sagen, schon gar nicht Moritz.

ÖDÖN

In den siebziger Jahren verließen Ernö und sein
Sohn Ödön das Land, in dem sie bis dahin gelebt
hatten, genau in der Mitte der Zeit zwischen der
einstigen Revolution und der zukünftigen Wende.
Reisen aus triftigen Gründen waren bereits erlaubt.
Ernö gab an, als in Künstlerkreisen bekannter und
anerkannter Maler zur Ausstellung seiner Werke in
einer Galerie des Nachbarlandes eingeladen worden zu sein. Man habe sich nach langer Pause wieder für Kunst aus seinem Land zu interessieren begonnen. Bei der Gelegenheit wolle er auch seinen
älteren Bruder Jenö besuchen, der sich nach Ende
des Zweiten Weltkriegs, noch vor der Gründung
der Volksrepublik, im Nachbarland niedergelassen
habe. Er sei der letzte lebende Verwandte, den er
noch habe, nachdem seine Frau bei der Geburt seines Sohnes Ödön gestorben sei.

Der Beamte, der für die Reisebewilligung zuständig war, hörte zwar zu, las aber gleichzeitig in Ernös

Papieren. Plötzlich hob er den Kopf: Wer hat denn den Kleinen aufgezogen?

Ernö deutete einen Seufzer an: Ich! Wer hätte sich sonst um ihn kümmern sollen, ohne Mutter, ohne Großeltern?

Sind Sie tatsächlich jener Váry Ernö, der vor zwei Jahren in der Dépendance der Nationalgalerie ausgestellt hat?

Ernö lächelte jovial: Sie haben mich enttarnt.

Und jetzt wollen Sie Ihren Bruder besuchen?

Er ist schwer erkrankt, leider muss man mit dem Schlimmsten rechnen.

Und was passiert mit dem Kleinen?

Sein Onkel hat ihn noch nie gesehen. Halbwaise, die er ist, ist er so an mich gewöhnt, dass sein Gemüt Schaden litte, müsste ich ihn für die paar Tage in der Obhut fremder Menschen zurücklassen.

Sie brauchen also einen Pass für sich und den Kleinen?

Ernö nickte mit einer tiefen Senkung des Kopfes.

Der Pass für die Ausstellung Ihrer Bilder ist nicht das Problem, aber wie Sie wissen, ist es verboten, Angehörige aus dem engsten Familienkreis mitzunehmen.

Ernö nickte noch ausdrücklicher.

Ich werde sehen, was sich machen lässt. Es wird etwas dauern. Wann genau soll die Vernissage stattfinden?

In sechs Wochen.

Knapp, aber aller Voraussicht nach machbar. Der Beamte schaute ihm direkt ins Gesicht: Wir sind ein Land, das seine Künstler zu schätzen weiß.

Die Ausstellung war Jenös Idee gewesen. Ein befreundeter Galerist hatte sich bereit erklärt, wenn Jenö für einen Teil der Kosten aufkäme. Vielleicht könne er damit, quasi als Pionier unter den Galeristen, Interesse für die zeitgenössische Kunst der östlichen Nachbarländer wecken. Es sei höchste Zeit, den Blick in die andere Richtung zu schärfen, der seit Kriegsende fast ausschließlich auf den Westen fixiert war.

Ödön, das Kind, wusste nicht, wie ihm geschah, und Ernö, der Vater, wusste nicht, welche seiner Bilder er in jedem Fall mitnehmen und welche er im Land lassen wollte, womöglich für immer. Die, für die er sich letztlich entschieden hatte, nahm er aus dem Rahmen, rollte sie einzeln und band sie, in eine Decke gewickelt, zusammen, als wären sie eine Kopfstütze. Hätte er sie gerahmt und per Transporter an die ausländische Galerie geschickt, wären sie damals nie und nimmer rechtzeitig angekommen. Das Risiko war einfach zu groß.

Ödön packte die Sachen, die er unbedingt mitnehmen wollte, Tag für Tag ein und, wenn Ernö ihm dann erklärte, es seien zu viele, wieder aus. Wer solle denn all das Gepäck tragen? Auch würde es im Zug viel zu viel Platz einnehmen.

Und was kann ich zur Lehrerin sagen, wenn sie mich fragt, wann ich wieder in die Schule komme?

In einer Woche! Ernö hatte nicht einmal angedeutet, dass sie für immer weggingen. Kinder können den Mund nicht halten – und gnade Gott, wenn jemand noch vor der Abreise davon erführe.

Auch Jenö hatte nicht geahnt, dass Ernö und Ödön für immer bleiben würden, und das in seinem Haus. Er hatte es vor Jahren gekauft und nach Junggesellenart eingerichtet. Ein geräumiges, wenn auch unauffälliges Haus in einer Bezirkshauptstadt, mit einem von den Vorbesitzern angelegten Gemüsegarten, einer Reihe von Ziersträuchern, schmalen Blumenrabatten an den Hauswänden und dichten Blutbuchenhecken. Ein Haus, das kaum Interesse weckte, und wenn, dann hätte es die- oder derjenige mit einem weißen Kuvasz zu tun bekommen, einem Hirtenhund, dessen tiefe Stimme jedoch weniger nach Angriffslust als nach Wachsamkeit klang.

Jenö war schockiert, als Ernö ihm erklärte, er würde es, wie auch er seinerzeit, in ihrem gemeinsamen Land nicht mehr aushalten. Der Kommunismus sei in sich zusammengebrochen, doch seine Einschränkungen seien noch immer in Kraft. Er wolle mit seiner Kunst Karriere machen, einer Kunst, die es selbst im eigenen Land geschafft hatte, Aufmerksamkeit zu erregen.

Und als Jenö nichts dazu sagte, fuhr er fort: Was willst du, dein Haus ist groß genug für uns alle. Und sobald ich Fuß gefasst habe und entsprechend verdiene, werden wir ohnehin in die Hauptstadt ziehen.

Ja aber, Jenö suchte nach den richtigen Worten und stotterte: Ich bekomme öfter Besuch, das hat sich eben so eingebürgert ... Gäste, die auch über Nacht bleiben wollen.

Ernös Gesicht verzog sich ein wenig. Er war der Allwissende, der er immer war: Also doch! Das war wohl auch der Grund, warum du damals abgehauen bist, als Vater dir auf die Schliche kam. Es hat ihm das Herz gebrochen. Aber ich bin nicht Vater. Von mir aus kannst du es treiben, wie du willst. Als dein Bruder in einer Notsituation erwarte ich von dir, dass du uns aufnimmst, zumindest solange diese Notsituation anhält.

Als Jenö noch immer nicht die rechten Worte fand, machte ihm Ernö einen Vorschlag, den er schon seit Tagen mit sich herumtrug: Überlass uns die zwei Gästezimmer, eins für mich, eins für Ödön, und eines der Bäder sowie, das Wichtigste, ein Atelier. Ich habe mir die alte Waschküche angeschaut, die wird längst nicht mehr benutzt. Ein paar kleine Änderungen, und ich verschwinde tagsüber darin.

Und Ödön, was geschieht mit Ödön? Jenö war seiner Sprache wieder mächtig.

Ödön wird hier zur Schule gehen, Freunde haben, mit ihnen auf deine Bäume klettern und lernen, wie man Rad fährt. Er ist pflegeleicht, so habe ich ihn erzogen.

Ernö hatte damals im Gymnasium Deutsch statt Französisch gewählt, zusätzlich zum Russischen. Und später, als er sich bereits zur Migration entschlossen hatte, besuchte er Abendkurse und las die Bücher seiner Mutter, die einer deutschsprachigen Minderheit angehört hatte.

Es war kein Problem, Ödön einschulen zu lassen. Er lernt schnell, sagte Ernö zur Direktorin, wie alle Kinder, wenn man sie lässt. Ich habe ihm schon einiges beigebracht, aber das reicht nicht für den Unterricht. Unter so vielen Deutsch sprechenden Kindern wird er bald eines von ihnen sein.

Ernö strahlte vor Zuversicht und entlockte der Direktorin ein ebenso zuversichtliches Lächeln: Darauf werden wir hinarbeiten, soweit es in unserer Macht steht. Und sie fuhr leutselig fort: Wir haben noch so einen Fall in derselben Klasse.

Ernö schien sich dafür zu interessieren.

Ein Mädchen, dessen Eltern in den fünfziger Jahren nach Brasilien ausgewandert sind, damals ein zukunftsträchtiges Land, in dem man angeblich viel Geld verdienen konnte. Aber das Land hielt offenbar nicht, was es versprochen hatte. Bald gab es zwei Kinder, mit denen sie zwar zu Hause Deutsch sprachen, aber da beide Eltern als Arzt und Krankenschwester hart arbeiteten, verbrachten die Kinder den größten Teil der Zeit in der Obhut brasilianischer Tagesmütter, und das Deutsch der Mädchen schrumpfte auf das sogenannte Küchendeutsch.

Wieder einmal wusste Ödön nicht, wie ihm geschah. Er war neun Jahre alt, und sein Vater hatte ihm erst am Tag zuvor erklärt, dass er von nun an hier zur Schule gehen werde. Sie seien gekommen, um zu bleiben. Ödön konnte und wollte es nicht glauben, weinte und schrie, er wolle zurück in seine Schule und zu den Kindern, die er kannte.

Ernö nahm ihn in die Arme: Ich bin Künstler, ich brauche Freiheit und ein Land, in dem nicht alles verboten ist. Du kannst das noch nicht verstehen, aber glaub mir, du wirst bald erkennen, dass es richtig war, was wir getan haben. Also Kopf hoch, wir beide haben es noch immer geschafft, oder?

Ödön zog noch eine Weile den Rotz hoch. Wie er seinen Vater kannte, würde es ohnehin kein Zurück geben, auch wenn er noch so lange bockte. Am besten, er versuchte, zumindest mit einem anderen Wunsch durchzukommen: Darf ich wenigstens mit Tanár spielen?

Mit was für einem Tanár? Ernö wusste nichts mit Hunden anzufangen und hatte sich den Namen von Jenös Hund nicht gemerkt.

Der große Weiße, Papa.

Da musst du Jenö fragen. Aber pass auf, dass er

dich nicht in den Hintern beißt, wenn du nicht gleich kapierst, was er von dir erwartet.

Ödön und Marjana saßen in der Schule von Anfang an nebeneinander, es waren die letzten freien Plätze gewesen. Es dauerte eine Weile, bis sie sich auf Deutsch verständigen konnten. Bis dahin benutzten sie häufig ihre Hände oder zeichneten, was Ödön besser konnte, während Marjana mit Blicken zu sprechen versuchte. Es kam, wie Ernö vorausgesagt hatte, unter so vielen Deutsch sprechenden Kindern wurden sie bald welche von ihnen.

Das unscheinbare Haus wurde von Tag zu Tag lebendiger. Es kamen und gingen, vor allem an den Wochenenden, Männer zu Jenö, das heißt, meist ein bestimmter Mann, bei dessen Kommen Tanár bloß mit dem Schwanz wedelte, und Frauen zu Ernö.

Die Ausstellung von Ernös Bildern war nicht zum Triumph geraten, doch wurde er von den Medien wahrgenommen, konnte sogar drei seiner Bilder verkaufen und lernte Menschen kennen, die für seine Karriere wichtig waren, und andere, die er für Leib und Seele brauchte, wie er behauptete.

Jenö war nicht glücklich über die neue Nutzung seines Hauses, aber er kümmerte sich mehr und mehr um Ödön.

Ein Jahr später saßen Ödön und Marjana auch im Stadtgymnasium nebeneinander. Sie hatten eine Art Geheimsprache entwickelt, die noch immer aus Gesten und Blicken, aber auch aus erfundenen Ausdrücken bestand. Sie trafen sich für die Hausaufgaben hinter einer Hecke im Park und bei Schlechtwetter im Haus von Marjanas Eltern, die erst am späten Nachmittag aus dem Krankenhaus kamen. Gelegentlich auch im Haus von Jenö. Marjana gehörte von Anfang an zu den Besuchern, die Tanár mit einem Wedeln begrüßte.

Ernö wurde in Künstlerkreisen zur Kenntnis genommen, aber nicht gerade als großartige Entdeckung gefeiert. Vom Übersiedeln in die Hauptstadt war schon lange keine Rede mehr. Jenö, der Banker, wie Ernö ihn nannte, musste seinen jüngeren Bruder in der anhaltenden *Notsituation* weiter unterstützen. Er saß tatsächlich in der oberen Etage der regionalen Hauptfiliale einer der größten Banken des Landes und galt als Macher. Das sah man ihm persönlich nicht an, aber es spiegelte sich in seinem Gehalt.

Wann immer Ernö am Wochenende mit seinen Leib-und-Seelen-Menschen, vorzüglich alleinstehenden Frauen, die beruflich erfolgreich waren und es sich leisten konnten, seine Bilder zu kaufen, unterwegs war, kümmerten sich Jenö und Freund Jaromir um Ödön, fuhren mit ihm in der Gegend umher oder kleideten ihn ein, wobei sie versuchten, ihn auf seine Rolle als Mann vorzubereiten, inklusive aller Benimmregeln. Als er gefirmt wurde, war Jenö sein Pate, und Jaromir beriet ihn beim Kauf seines ersten Anzugs. Als sie danach mit ihm in eins der besten Restaurants der Stadt zum Essen gingen, zeigten sie ihm, wie man als Gentleman zu essen und zu trinken habe.

Ernö klärte Ödön, als er zwölf war, dahin gehend auf, dass Jenö und Jaromir ein Paar seien, was ihn nicht weiter störe, doch er, Ödön, solle darauf achten, dass man ihn nicht in dieses Milieu hineinziehe, und sofort Alarm schlagen, wenn einer aus der Schwulen-Community ihm zu nahekäme. Ödön empfand die Ratschläge seines Vaters als peinlich und ungerecht, aber Ernö ließ nicht locker. Vor Jenö und Jaromir brauche er sich nicht zu fürchten, die hätten ihn sozusagen als das Kind, das sie nie haben würden, adoptiert und würden sich zeitlebens für ihn einsetzen.

Er, Ödön, käme wohl bald in die Pubertät, in der ihm viele Blödheiten einfallen könnten, vor allem wenn seine Sexualität sich mehr und mehr bemerkbar mache. Daher bitte er ihn, sich an ihn zu wenden, wenn er diesbezüglich etwas versemmelt hätte. Schließlich sei er noch immer sein Vater und habe genügend Erfahrung, um ihm den Weg aus einer möglichen Bredouille zu weisen.

Marjana war Ödön in der Entwicklung voraus. Er bestaunte ihre werdenden Brüste ebenso wie ihre Allüren in puncto Kleidung und Ausgehen. Doch sie wurde sofort wieder zum kleinen Mädchen, zum zornigen kleinen Mädchen, das ihn anfauchte, wenn er sie im Park zu küssen versuchte.

Zwei Jahre später, in der Oberstufe, teilte man ihre Klasse, und sie sahen sich nur noch in der Freizeit, aber selbst wenn sie sich trafen, fühlten sie sich ein wenig befangen.

Ernö hatte begonnen, Akte zu malen, und verschiedene weibliche Wesen, wie er sie nannte, kamen zu ihm ins Atelier, um Modell zu sitzen. Eines Abends, als Ödön vom Abendessen bei Jenö zurückkam und wissen wollte, warum sein Vater nicht gekommen war, wollte er noch kurz bei ihm vorbeischauen. Um ihn nicht zu stören, öffnete er die Ateliertür lautlos einen Spaltbreit. Er wollte sehen, ob sein Vater noch mit dem Malen beschäftigt war oder nur vor sich hin starrte, wie er es nach Arbeitsschluss öfter tat.

Er sah eine junge Frau auf dem Sofa liegen, nackt und mit gespreizten Beinen, während Ernö sie abwechselnd an den Brüsten und zwischen den Beinen mit einem Pinsel traktierte, worauf sie wie eine Katze zu miauen begann und sich wand, bis Ernö: Stopp! schrie und: Keine Bewegung mehr!

Sie blieb augenblicklich reglos wie eine Skulptur mit verrenktem Becken liegen, während Ernö einen Fotoapparat nahm und sie von allen Seiten fotografierte.

Dein lustverzerrter Körper, sagte er zufrieden: Endlich habe ich ihn festhalten können.

Ödön war dermaßen erregt, dass er unwillkürlich niesen musste. Ernö drehte sich blitzschnell um, riss die Tür zur Gänze auf, noch bevor Ödön sich davonstehlen hatte können.

Komm rein, Ödön! Ödön schüttelte den Kopf, aber Ernö hatte ihn bereits am Arm gepackt und ins Atelier gezerrt.

Hast du schon einmal eine nackte Frau, nicht im Badeanzug, eine splitternackte Frau gesehen?

Ödön verneinte zaghaft.

Lena!, rief er der nackten Frau zu, die sich gleich nach dem Fotografieren wieder gestreckt hatte und einigermaßen entspannt auf dem Sofa lag.

Beine auseinander, Hände unterm Kopf verschränken, die Ellbogen oben lassen und das Gesicht ins Profil drehen!

Sie tat, was er befahl, und Ernö zog Ödön bis ans Sofa: Dann schau sie dir jetzt genau an, in ihrer ganzen Schönheit, die zu sehen man lernen muss!

Ein Lächeln glitt über Lenas Gesicht.

Nur langsam wich Ödöns Verschrecktheit der Neugier, und er wagte es, einen Blick auf die *splitternackte Frau* zu werfen.

Ende der Vorstellung!, sagte Ernö nach ein paar Minuten und warf Lena einen dünn gewebten breitflächigen Schal zu: Du kannst dich wieder anziehen, Lena!

Ernö legte den Arm um Ödöns Schultern und begleitete ihn zur Tür.

Höchste Zeit, dass du mit der Realität konfrontiert wirst. Und jetzt ab in dein Zimmer!

Erst als sie beide den öffentlichen Tanzkurs besuchten, verbrachten Marjana und Ödön wieder mehr Zeit miteinander. Und es dauerte eine Weile, bis sie begriffen, dass sie sich ineinander verliebt hatten, heillos.

Marjanas Eltern waren strenge Katholiken, die von ihr erwarteten, als Jungfrau in die Ehe zu gehen. Wohingegen Ödön versuchte, sich die Gelassenheit und Aufgeschlossenheit seines Vaters anzueignen. Keines dieser Ziele wurde erreicht.

Eine Zeit lang begnügten sie sich mit Petting, wie zu dieser Zeit noch üblich, bis sie nicht mehr anders konnten, als sich wie Mann und Frau zu lieben. Marjana als die große Leidenschaftliche, Ödön als der zärtlichste aller Liebhaber.

Sie logen und tricksten bis zum *Gehtnichtmehr*, um sich heimlich treffen zu können. Und wenn sie miteinander stritten, dann wegen Marjanas Eifersucht oder Ödöns Vergesslichkeit, was Kondome betraf. Ein Wunder, dass sie die Abschlussprüfungen zur Zufriedenheit ihrer Eltern hatten bestehen können.

Was danach geschah, sollte einen großen Einschnitt in ihr bisheriges Leben bedeuten. Marjana wollte Dolmetscherin für Portugiesisch und Englisch werden, aber ihre Eltern erlaubten ihr nicht, alleine in die Hauptstadt zu ziehen, und schickten sie in die Lehrerbildungsanstalt in der Stadt, in der sie wohnten.

Jenö hatte Ödön ein Studium der Betriebswirtschaft empfohlen, für das er auch aufkommen werde, um ihn danach zum letzten Schliff nach England zu schicken, dort habe er noch immer gute Kontakte. Ödön konnte und wollte nicht ablehnen. Sein Vater hatte ihm gezeigt, wie abhängig ein Mann, der die Freiheit mehr als alles andere liebte, von Geldgebern sein konnte. Er wollte selbst zu Geld kommen und Marjana aus der Abhängigkeit von ihren Eltern befreien.

Für Marjana und Ödön wurde es immer schwieriger, sich an den Wochenenden, an denen er nach Hause kam, zu treffen. Marjanas Eltern, die die Kinderfreundschaft toleriert hatten, stellten sich mehr und mehr gegen eine ernsthafte Beziehung. Sie hatten längst davon Wind bekommen, welche Gerüchte mit der Zeit um das Haus, in dem Ödön wohnte, entstanden waren. Auch trauten sie Ödön keinesfalls zu, Marjana und die Kinder, die sie haben würden, ernähren zu können, so jung, wie er war, und zweifelten daran, dass bei *der Herkunft* überhaupt etwas aus ihm werden könne.

Marjana und Ödön schrieben sich Briefe oder telefonierten von Telefonzellen aus. Rief er Marjana zu einer nicht vereinbarten Zeit an, hob meist ihre Mutter ab, die dann sagte, Marjana sei nicht da.

Als Jaromir an einem Herzinfarkt gestorben war, kam Ödön unvorhergesehen für ein paar Tage, um Jenö zu trösten und am Begräbnis teilzunehmen. Es gelang ihm nicht, Marjana kurzfristig davon zu verständigen, dass er in der Stadt war. Ihre Mutter hatte wieder einmal behauptet, sie sei nicht zu Hause.

Am Tag vor dem Begräbnis ging Ödön alle Wege ab, auf denen Marjana sich auch sonst bewegte, bis weit über den Park hinaus, in dem sie sich während ihrer Schulzeit so oft aufgehalten hatten. Zurück fuhr er mit dem Bus, er hatte Jenö versprochen, pünktlich zum Abendessen zu kommen. Sein Vater würde wohl auch schon da sein. Ernö hatte sich vor ein paar Jahren dazu entschlossen, zu einer seiner Mäzeninnen zu ziehen. Ella besaß ein Haus am noblen Rand der Hauptstadt des Landes, mit einem großen Garten und kleineren Nebengebäuden, von denen sie ihm eines als Atelier angeboten hatte. Nachdem der Umzug unter großen Anstrengungen vollbracht war, gönnte sich das, aus Ödöns

Sicht, ältliche Paar mehrere Tage zur Erholung in einem Hotel in den Alpen, wo sie nur am Abend zu erreichen waren. Jenö hatte Ernö durch die Rezeptionistin ausrichten lassen, wann genau Jaromirs Begräbnis stattfinden würde.

Während Ödön teilnahmslos aus dem Busfenster schaute, sah er plötzlich Marjana mit einem Mann auf dem Gehsteig stehen, schäkernd und lachend, wobei der Mann ihr einen Kuss auf die Wange drückte und sie an sich zog. Im dichten Verkehr fuhr der Bus ziemlich langsam, so dass Ödön sicher sein konnte, Marjana gesehen zu haben, die die Umarmung zuließ und den Mann, der einige Jahre älter als sie zu sein schien, anstrahlte, als sei sie über jedes Wort, das aus seinem Mund kam, überglücklich.

Ödön fiel in sich zusammen und vergaß, an der richtigen Haltestelle auszusteigen. Er ging dann zu Fuß nach Hause, und als Jenö ihn sah, nahm er ihn in die Arme und flüsterte, er habe nie gedacht, dass Jaromirs Tod ihn derart mitnehmen würde, aber er, Ödön, könne sicher sein, dass Jaromir ihn gleichermaßen ins Herz geschlossen hatte.

Ödön schämte sich für das Missverständnis, verschwieg aber, was der wahre Grund seines Elends war.

Ein paar Tage später, Ödön war bereits zurück in der Hauptstadt, bekam er einen Brief von Marjana, in dem sie ihn wütend befragte, warum er sie nicht einerseits von Jaromirs Tod verständigt habe und andererseits davon, dass er in der Stadt gewesen sei. Er hätte doch wenigstens bei ihr zu Hause anrufen können. Einen Todesfall hätte selbst ihre Mutter respektiert und ihr Bescheid gegeben. Der Schluss, den sie aus all dem ziehe, sei der, dass er in der Hauptstadt wohl eine andere gefunden habe, die mit seiner melancholischen Grundstimmung besser umgehen könne als sie, die immer wieder versucht habe, ihn zum Lachen zu bringen, wenn auch ohne Erfolg. Das wolle sie auch einmal gesagt haben, obgleich es sich erübrige, da er sich nicht einmal nach dem Begräbnis, von dem sie erst aus der Zeitung erfahren hatte, bei ihr gemeldet habe.

Ödön war bereits in einem Zustand, in dem er nicht mehr handlungsfähig war. Als Jenö ihn einige Wochen später auf dem vor Kurzem installierten Telefon anrief, um ihm noch einmal für seine Teilnahme, und ja, seine echte Trauer zu danken, schöpfte er Verdacht. Ödön schien sich jedes einzelne Wort abringen zu müssen und verfiel nach jedem Satz in minutenlanges Schweigen, ohne den Grund dafür zu nennen.

Jenö kannte Zustände dieser Art aus seiner frühen Zeit, als es noch keinen Jaromir gegeben hatte – allein der Gedanke an Jaromir trieb ihm wieder die Tränen auf –, der ihn immer wieder aus seiner dunklen Ecke holte.

Er überlegte kurz und beschloss, zu Ödön zu fahren. Es war ohnehin sein letztes Jahr im Berufsleben, da konnten ein paar freie Tage kein großes Problem sein. Wozu hätte er sich sonst so lange an einem kompetenten Nachfolger abgearbeitet.

Es war schon dunkel, als Jenö bei Ödön ankam. Die Tür war und blieb verschlossen, sooft er auch läutete. Dabei drang aus der Mansarde leise Musik, Schuberts »Der Tod und das Mädchen«.

Jenö lief die Treppe hinunter und verständigte aus der nächsten Telefonzelle die Polizei. Die war gerade noch rechtzeitig gekommen, um die Tür aufzubrechen. Ödön war nicht mehr bei Bewusstsein.

Jenö checkte in einem Hotel in der Nähe des Krankenhauses ein und bestand darauf, dass man ihn auch mitten in der Nacht anrufe, falls sich Ödöns Zustand verschlechtere. Er selbst legte sich angezogen aufs Bett und ließ die Nachttischlampe eingeschaltet.

Jahre später, es gab bereits mobile Telefone auf dem Markt, rief Ernö Ödön in London an, um ihn von Jenös Tod zu verständigen. Er sei sehr traurig darüber, aber Jenö habe, abgesehen von seiner gelegentlich wiederkehrenden Depression, auch an Parkinson gelitten und an seinem Leben keine Freude mehr gehabt.

Wie du ja weißt, hat er dich öfter besucht als ich, aber Künstler sind nun einmal nur bedingt familientauglich.

Ödön meldete sich bei der Immobilienfirma, in der er seit seinem Studienabschluss gearbeitet hatte, ab und buchte den nächsten Flug. Seit er damals, auf Jenös Vorgabe, einige Monate in einer Klinik verbracht hatte, fühlte er sich auch für Notfälle medikamentös gewappnet. Auch hatte sich sein ganzes Wesen während der englischen Jahre, seiner Meinung nach, stabilisiert. Es waren also keine größeren Schübe zu erwarten, obgleich ihm Jenös Tod wirklich naheging.

Bei Jenös Begräbnis sah Ödön Marjana zum ersten Mal wieder. Nachdem alle Kondolenzbezeugungen vorüber waren, kam sie verschämt lächelnd auf ihn zu, stellte ihn ihrem Mann vor, sprach von einer Tochter und lud ihn ein, bei ihnen vorbeizuschauen, wann immer er Zeit und Lust habe. Als sie sich verabschiedeten, griff Marjana in die Manteltasche ihres Mannes, zog eine Visitenkarte heraus und meinte, nach so langer Zeit habe man sich gewiss eine Menge zu erzählen.

Ernö war noch immer mit seiner Mäzenin Ella zusammen, was auch Ödön wunderte. Leichenschmaus gab es keinen, da weder Ernö noch Ödön wussten, wen sie dazu hätten einladen sollen. Seit

Tanár vor langer Zeit gestorben war, hatte Jenö auch keinen Hund mehr gehabt, mit dem er hätte spazieren gehen können. Er war sehr einsam gewesen in den letzten Jahren, ohne Ödön und so gut wie ohne Ernö und Ella.

Sie gingen am Abend zu dritt in ein Restaurant, das Ernö von früher kannte, aßen und sprachen über Jenö, den Banker, der aber einer von den Guten gewesen sei. Ernö war mit seiner letzten Ausstellung endlich in den Fokus gelangt, hatte bereits am Tag der Vernissage fünf große Bilder verkauft und eine gute Presse gehabt.

Noch hängen sie, sagte Ernö zu Ödön, du solltest sie dir anschauen. Einiges davon wird dir noch bekannt vorkommen, wenn du inzwischen nicht alles aus meiner Akt-Phase vergessen hast.

Ödön versprach, die Galerie aufzusuchen, er habe ohnehin in der Hauptstadt zu tun. Außerdem plane er seine Rückkehr aus England.

Was dir nicht schwerfallen wird, nachdem du, außer einer kleinen Apanage für mich, alles, was Jenö in seinem Leben zusammengetragen hat, geerbt hast.

Ödön lehnte sich zurück: Bisher habe ich gelernt, jetzt möchte ich das Gelernte in die Praxis umsetzen.

Erst als er endgültig in das Haus seiner Jugend zurückgekehrt war und die Anstellung in einem der

landesweit bekannten Immobilienkonzerne ver-
traglich abgesichert war, beschloss er, die Ehmanns,
so hieß auch Marjana, seit sie den Gärtnereibesitzer
Richard Ehmann geheiratet hatte, zu besuchen.

Es fiel ihm nicht leicht, aber da der Besuch der
ganzen Familie galt, musste er keine Angst vor Diskussionen aus einer anderen Zeit haben. Die Zeit,
sann er, war die höchste Herausforderung des Lebens, sie war nicht reversibel. Vergangen war vergangen, war vergangen.

Blumen in eine Gärtnerei zu tragen, wäre ein
Witz ohne Pointe geblieben, also kam er mit einem
alten Rotwein und Marrons glacés, Marjanas einsti-
gem Lieblingskonfekt, dazu mit einem Füchslein
der Firma Knopf im Ohr für die vierjährige Doris.

Marjana hatte gekocht, musste auch immer wieder in die Küche, so dass Ödön und Richard Zeit
hatten, sich näherzukommen. Richard hatte eine
beruhigende, sonore Stimme und wirkte souverän,
ohne die geringste Spur von Überheblichkeit. Er
kannte die Firma, in die Ödön eingestiegen war, be-
schrieb sie als erfolgreich und solide. Er habe noch
nie von Betrug oder Korruption läuten hören und
könne ihm nur gratulieren.

Die kleine Doris war bereits im Bett, als er gekommen war.

Am Abend sind Mütter auch Menschen, zwit-
scherte Marjana aus der Küche. Sie wirkte irgendwie aufgekratzt, oder war es bloß die Nervosität, ob

Vorspeise, Hauptspeise, Nachspeise auch hielten, was ihre Namen versprachen, und ihr die Küche keinen Strich durch die sorgfältige Zubereitung machte.

Erst als sie alles im Rohr hatte, um es warm zu halten, legte sie die Schürze ab. Sie gingen hinaus auf die Terrasse, um in Ruhe einen Aperitif zu trinken.

Ödön konnte den Blick nicht von ihr wenden. Sie war schöner denn je, und doch schien sie sich irgendwie verändert zu haben, war wohl ein wenig runder geworden, und als er sie, während er sein leergetrunkenes Glas auf dem Tischchen abstellte, von der Seite sah, zuckte es durch seinen Kopf, dass sie wieder schwanger sein könnte.

Mit dem Füchslein von Knopf im Ohr hatte Ödön die Zuneigung der kleinen Doris gewonnen. Wann immer er später zu Besuch kam, brachte er ein Extrageschenk für sie mit, und sie dankte es ihm mit Neugier und Zutraulichkeit.

Ödön war viel unterwegs, kehrte jedoch, so er Zeit zur Verfügung hatte, ob für einen Tag oder für mehrere Wochen, in sein Haus zurück. Er hatte einen seiner ehemaligen Lehrer, dem im Ruhestand die Zeit lang wurde, mit der Wartung betraut, was die Aufsicht über die Putzfrau mit einschloss. Er gestattete dem Lehrer, alle Schallplatten, die Jenö erworben und bis an sein Ende gehütet hatte, auf Jenös altem Plattenspieler zu hören sowie alle Bücher aus Jenös Bibliothek zu nehmen und im Herrenzimmer (das Zimmer, in dem geraucht wurde) zu lesen.

Jenö hatte das Haus bis zuletzt in einem makellosen Zustand gehalten, selbst Ernös Atelier wäre jederzeit wieder als Atelier benutzbar gewesen, offensichtlich traute er den Liaisons seines Bruders nicht. Nicht einmal der mit Ella.

Das Land, in dem Ödön seine ersten neun Jahre verbracht hatte, war nun wieder ein Land, das für sich selbst verantwortlich war und alles anders machen wollte, was aber nicht bedeutete, dass sich in den Hierarchien viel geändert hätte. Wie immer siegte die Erfahrung. Wer in einer Planwirtschaft zu Geld gekommen war, lief leichter zum Kapitalismus über als jemand, der weder das alte noch das neue System durchschaut hatte.

Ödön, der seine erste Sprache nach einigen Reisen bald wieder im Kopf hatte, abgesehen von der Fachsprache der Immobilienbranche, verließ sich wie gewöhnlich aufs Lernen. Dabei stellte er fest, dass auch diese Fachsprache sich großteils vom Englischen nährte wie die meisten anderen Fachsprachen auch.

Die Hauptstadt, aus der er seinerzeit mit seinem Vater migriert war, hatte sich bis auf bauliche Wahrzeichen dermaßen verändert, dass er sie tagelang durchstreifen musste, um sich wieder ein Bild von ihr zu machen.

Die Firma, für die er nun arbeitete, war eine der ersten, die die derzeitigen Gewinner im Land zu gewinnen versuchte, indem sie ihnen Immobilienangebote in den westlichen Ländern machte, und das mit wachsendem Erfolg. Ödön schien genau der Richtige dafür zu sein, seine Expertise in der Branche und seine Herkunft erweckten Vertrauen.

Es gab Jahre, in denen Ödön sich mit seinem alten Land wieder zu versöhnen glaubte. Er hatte eine länger andauernde Beziehung mit einer Frau, die ihn mit ihrem Temperament an Marjana erinnerte, nur war sie bei Weitem nicht so schön. Eine andere hinwiederum wollte unbedingt von ihm geheiratet und in sein gegenwärtiges Land mitgenommen werden. Eine weitere verließ ihn, weil er angeblich keinen Spaß verstand und ihr seine Kreditkarte nicht lieh, damit sie sich neu einkleiden könne für das Leben, das sie mit ihm führen wollte.

Ödön selbst klammerte sich an seinen beruflichen Erfolg als Gradmesser für sein Befinden. Er habe allen Grund, sich wohlzufühlen nach getaner Arbeit, die er hauptsächlich seiner Klugheit verdanke und weniger seinem Umgang mit Menschen.

Wann immer Ödön die Ehmanns besuchte, schien Doris ein Stück gewachsen zu sein. Mit fünfzehn, sechzehn war sie nicht mehr bereit, Onkel zu ihm zu sagen. Sie begann, sich zu schminken und ihr kupferfarbenes Haar zu einem Zopf zu flechten, den sie sich wie eine Kette um den Hals legte. Im nächsten Jahr ließ sie sich die Haare so kurz schneiden, dass Ödön sie geradezu anflehte, sie sich wieder wachsen zu lassen, dann würde er sie sogar ins Theater mitnehmen.

Theater? Sie verzog das Gesicht.

Oder in ein Konzert! Sie seufzte. Schließlich einigten sie sich aufs Kino.

Er bemerkte, wie sie mit ihm zu flirten versuchte, und wunderte sich, warum Marjana es hinnahm, dass er peu à peu begann, Doris auszuführen.

Ich vertraue dir und deiner Vernunft, sagte sie einmal zu ihm. Die Zeiten haben sich geändert. Wer weiß, mit wem sie sich sonst abends davonstehlen würde.

Du meinst, ich soll sie unter Kontrolle halten?

Nicht direkt, aber etwas in der Art.

Marjana hatte ihr zweites Kind kurz nach seinem ersten Besuch verloren, zwei Jahre später jedoch den schon lange erwarteten Sohn Nicki geboren und drei Jahre danach eine Tochter namens Lilly.

Anfangs verbot sich Ödön, in Doris eine junge Frau zu sehen, aber das hielt nicht vor. Er setzte auf seine Besonnenheit und wollte nicht zur Kenntnis nehmen, dass er bereits brannte. Er musste sehr an sich halten, um sie mit seinem Begehren nicht zu erschrecken, doch ihr Körper strahlte Signale aus, die er früher erkannte als sie selbst.

Sie war siebzehn, als er sie nach einem Konzertbesuch, jetzt durften es auch schon Konzerte sein, einlud, noch auf einen Snack zu ihm zu kommen. Ein wohlhabender Kunde habe ihm eine Dose mit echtem Kaviar geschenkt, zu viel für ihn allein.

Offensichtlich war ihr klar, was das bedeutete. Sie zögerte nur kurz und nickte dann mutig, so als habe er sie zu einer Kletterpartie im Hochgebirge eingeladen.

Sag mir, wenn ich dir wehtue, flüsterte er, bevor er sich in sie verlor.

Sie sagte nichts, die ganze Zeit über nichts, trank aber danach mit ihm ein Glas Champagner, bevor er sie nach Hause bringen wollte. Er ahnte, was in ihr vorging, und versuchte, sie zu beruhigen: Du brauchst keine Angst zu haben, ich werde immer an deiner Seite stehen, was auch passieren mag.

Sie räusperte sich: Ich nehme seit einer Woche die Pille, da kann nichts passieren.

Er war so verblüfft, dass er ein paar Minuten schwieg. Dann meinte er: Eine Frau wie dich würde ich sofort heiraten.

Sie senkte den Blick: Das kommt mir zu schnell, ich gehe noch zur Schule.

Ödön beugte sich vor, nahm ihre Hände und

küsste sie: Ich weiß, ich weiß, und ich habe Zeit. Lass es mich einfach wissen, wann dir danach ist.

Doris war ein Teil von Marjana, ein Teil, den Marjana nie zur Geltung gebracht hatte, außer dass sie dieselbe Haar- und Augenfarbe sowie gleichgeformte Brüste hatte. Auch im Lächeln waren sie sich ähnlich. So leicht Marjana aber erregbar war, so schwer fiel es Doris, ihre Gefühle zu zeigen. Keine Tränen, wenn möglich, Nachdenklichkeit und die Ablehnung von Gutgemeintem, das einflussfordernd wiederholt wurde.

Ödön begriff nur langsam, wie Doris es unbewusst verstand, das Bild ihrer Mutter von den Rändern her aufzulösen und durch ihr eigenes zu ersetzen. Er hatte gehofft, Doris würde ihm nach dem Gymnasialabschluss ein Zeichen geben, aber sie ging einen anderen Schritt weiter und erklärte ihm, sich als Krankenschwester ausbilden zu lassen und zusätzlich zur Physiotherapeutin.

Krankenschwester? Darauf war er nicht vorbereitet.

Sie lächelte beinah verwegen: Sei froh, vielleicht wirst auch du hin und wieder Pflege brauchen.

So alt bin ich auch wieder nicht, murmelte er und klopfte mehrmals spielerisch mit einem seiner Finger nach dem anderen auf den Tisch.

So meine ich das nicht. Aber ich will nicht in deinem Haus sitzen und Dornröschen spielen. Dann setzte sie im Ton ihrer Mutter fort: Die Zeiten haben sich geändert. Heutzutage muss jede Frau für sich selbst sorgen können. Und nach einer kleinen Pause: Solange du so viel unterwegs bist, muss ich mich um mich selber kümmern, wenn ich nicht deine Schaufensterpuppe sein will.

Möglicherweise waren Ödöns häufige Berufsreisen der Kitt, der sie gefühlsmäßig zusammenhielt. Die Freude, einander wiederzusehen, das Erzählen, das dem Vermissen folgte, die leidenschaftlichen Umarmungen vor dem Abschied und nach dem Wiedersehen.

Doris hatte Freundinnen und Freunde, meist noch aus Schulzeiten. Sie nahm sich das Recht, mit ihnen zum Tanzen und zum Feiern zu gehen. Und je mehr sie das Gefühl hatte, selbstständig zu handeln, desto intensiver schien sie sich nach Ödön zu sehnen.

Ödön hatte allen Grund, ihr das zu glauben. Sie sprach offen darüber sowie über die Prüfungen, die sie bestanden hatte. Er selbst erzählte nie von den Verträgen, die er mit Kunden ausgehandelt hatte, ließ sie aber wissen, dass sie sich in einer gemeinsamen Zukunft so einiges würden leisten können.

Er war fünfundzwanzig Jahre älter als sie und sah es als Pflicht, diesem Altersunterschied Rechnung zu tragen. Doch als sie ihm nach einer Ausbildung als Gebärdensprach-Dolmetscherin mit dem Hintergedanken kam, damit bei einem der privaten Sender unterzukommen, zog er zum ersten Mal die Reißleine. Die Enttäuschung war ihr anzusehen, aber nach einigen Diskussionen schien sie seine Bedenken zu akzeptieren, vor allem das Argument, dann noch weniger Zeit füreinander zu finden, wenn auch sie ständig auf dem Weg in die Hauptstadt und wieder zurück wäre.

Er seinerseits versprach, ein Konzept zu erarbeiten, bei dem die Reisezeit einschränkbar wäre, würde man präziser planen, und wollte dieses Konzept demnächst seinem Chef unterbreiten. Er müsse sich jedoch ein paar unschlagbare Begründungen dafür einfallen lassen, um ihn zu überzeugen.

Insgeheim hoffte Ödön, Doris würde sich einstweilen zufriedengeben, bis er die richtigen Worte für seinen Chef fände. Das tat sie auch, länger, als er gehofft hatte, bis sie dann berufstätig wurde und ihren Urlaub nicht mehr selbst bestimmen konnte.

Gerade als er geglaubt hatte, die Argumente für seinen Chef seien kein Thema mehr, überraschte sie ihn mit dem Wunsch, zumindest eine der beiden Urlaubswochen gemeinsam an der Adria zu verbringen.

Er zeigte sich erst einmal bereit, doch stellte sich

heraus, dass seine freie Zeit nicht mit der ihren in Einklang zu bringen war. Bisher habe er, wie sie wisse, die seine immer in seinem Haus verbracht. Er sei ohnehin das ganze Jahr über auf Rädern.

Doris atmete leicht genervt und hörbar aus, und er glaubte, ihr Wunsch sei damit in eine diffuse Zukunft verschoben worden.

Als sie am Wochenende drauf in seinem Lieblingsrestaurant zu Abend gegessen hatten und Ödön noch einmal Rotwein bestellte, fragte sie ihn, ob es ihm etwas ausmache, wenn sie Ende Juni mit ihrer besten Freundin (du weißt schon, Katinka) ans Meer fahre, das sie seit ihrer Maturareise an die Adria vermisse. Alle ihre Freundinnen, die Kolleginnen im Krankenhaus mit eingeschlossen, würden im Urlaub ans Meer fahren, nur sie bleibe immer zu Hause hocken, ohne etwas von der Welt zu sehen.

Ödön rang um eine neutrale Antwort, damit er sich nicht festlegen müsse, fand aber keine: Ich wusste gar nicht, dass du das Meer so vermisst. Aber jetzt, da ich weiß, wie gerne du dorthin möchtest, ließe sich gewiss fürs nächste Jahr etwas arrangieren.

Doris holte tief Luft, dann platzte es aus ihr heraus: Ich will aber jetzt, in diesem Sommer, ans Meer.

Er nahm ihre Hände, spielte ein wenig damit und küsste sie, wie er das gerne tat, wenn er Zeit gewinnen wollte. Es blieb ihm nichts anderes übrig, als seine Nachgiebigkeit zu zelebrieren: Also gut, meinen Segen hast du.

Sie blieben noch eine Weile sitzen, und Doris erzählte ihm, wie anstrengend die Arbeitstage der letzten Woche gewesen waren. Es habe auf der Autobahn eine Riesenkarambolage gegeben, an der fünfzehn Autos beteiligt gewesen waren. Danach wollten alle Patienten zugleich versorgt werden. Sie seien haarscharf am Rande der Überforderung gestanden. Zum Glück sei der Oberarzt aus der Chirurgie aus dem Urlaub zurückgekommen, den er noch gar nicht richtig angetreten hatte.

Bei aller Dramatik der Erzählung wirkte Doris erleichtert und hängte sich auf dem Heimweg freiwillig bei ihm ein, was sie nur selten tat.

Ödön hatte für die Firma einen wirklich großen Fisch an Land gezogen, gerade in der Woche, in der Doris ans Meer gefahren war. Er bat seinen Chef um eine kurze Auszeit, nicht länger als eine Woche, aber er brauche ein wenig Erholung. Ödön gelang es sogar, ein Zimmer im Nachbarort zu bekommen. Ein kleines Wunder, denn die Region war ausgebucht.

Er kam erst gegen Abend an, parkte sein Auto in der Nähe der Pension, in der Doris und Katinka untergebracht waren, und machte sich auf den Weg. Als er an der Rezeption nach Doris fragte, sagte die

Dame hinter dem Tresen: Alles junge Leute, haben schon gegessen und sind sicher wieder zum Strand!

Ödön war uneins mit sich, ob er all die jungen Leute um Doris herum sehen wollte. Aber müde, wie er war, würde ihm etwas Abendluft guttun.

Eigentlich war es unfair, Doris unter all ihren Freundinnen und Freunden zu überraschen. Er wollte nur einen Blick auf sie werfen und schlich sich so unauffällig wie möglich an das Gelächter und Gekreische heran, das diese jungen Leute am Strand von sich gaben. Sobald er in Sichtweite kam, versteckte er sich hinter einem der Kioske.

Es war ein Kommen und Gehen, ein Rauchen und Trinken, mehrere junge Frauen ritten auf den jungen Männern, die versuchten, sie abzuwerfen. Da lagen sie dann im Sand und husteten die Sandkörner wieder aus, die sie beim Kichern und Gicksen eingeatmet hatten.

Doris war nicht auszumachen.

Er verbot sich, weiter nach ihr zu suchen und sich vorzustellen, was sie gerade machte. Auf dem Rückweg zu seinem Wagen versuchte er sie anzurufen, um ihr zu sagen, dass er morgen zu ihr komme, aber sie hob nicht ab.

Als er sich dann in dem von ihm gebuchten Zimmer aufs Bett fallen ließ, schlief er sofort ein, ohne sich mehr als die Schuhe ausgezogen zu haben.

Er erwachte, als sein Handy auf der Glasplatte des Nachttischchens vibrierte.

Wo bist du? Doris' Stimme klang beinah fremd. Man hat mir gesagt, ein Mann habe gestern Abend nach mir gefragt, der Beschreibung nach kannst es nur du gewesen sein. Spionierst du mir etwa nach?

Ödön räusperte sich, um seine Stimme klarzubekommen: Das ist ein Vorwurf, den ich nicht auf mir sitzen lassen kann. Ich habe kurzfristig eine Woche freibekommen und wollte dich überraschen. Telefonisch konnte ich dich leider nicht erreichen.

Katinka und ich waren spazieren, am Strand war es so laut.

Freust du dich nicht, dass ich da bin?

Schon, aber wie soll das gehen? Katinka und ich schlafen im selben Zimmer, alle anderen sind belegt.

Du kennst mich noch immer nicht, wenn du glaubst, ich würde nicht alles organisiert haben. Und als sie nichts darauf sagte, erklärte er ihr, wo er noch etwas für sie beide gefunden hatte.

Ödön lud auch Katinka zum Mittagessen ein, bevor sie sich endgültig verabschiedeten. Am Nachmittag gingen er und Doris an den Strand zum Schwimmen. Es war heiß geworden, und das Meer war ruhig bis auf winzige Knisterwellen.

Nach dem Abendessen auf der Terrasse des Hotels bestand Doris darauf, mit ihm einen Spaziergang entlang des Strandes zu machen.

Die Nacht, sagte sie, die Nächte sind so schön hier. Allein das Meer zu hören, wie es sich auf den Sand wirft und ihn wieder ausspuckt, dazu die Wärme, die von unten kommt, wenn du barfuß gehst, der Geruch, den das Meer ausatmet, die Tropfen aus Licht unter dem schwarzen Himmel …

Er zog seine Hand aus der ihren und blieb stehen: Nächte wie diese sind eine einzige Versuchung.

Auch Doris war stehen geblieben: Versuchung, was zu tun?

Sich im Sand zu begraben oder ins Wasser zu gehen. Ein Schlund, das eine wie das andere. So wie er es sagte, klang es, als wollte er sich gegen etwas wehren.

Sie nahm seinen Arm und zog ihn mit sich: Komm, ich zeig dir, wo Katinka und ich neulich tanzen waren.

Es war die Musik, die die Bewegung bestimmte, laut und fordernd. Er spürte, wie der Boden unter seinen Füßen leicht vibrierte. Man saß im Freien an kleinen Tischen, auf Stühlen, deren Sitze mit dünnen farbigen Kunststoffschläuchen bespannt waren, die das Dröhnen an den Boden weiterzugeben schienen.

Darf ich dich auf einen Aperol einladen?, fragte Doris beinah kokett. Ich weiß, wo ausgeschenkt wird. Bevor er noch etwas sagen konnte, machte sie sich auf und kam bald, sich dabei ein wenig an den vorgegebenen Rhythmen versuchend, mit den beiden Gläsern zurück.

Ödön konnte den Blick nicht von all den hüpfenden, schlenkernden und schwingenden Körpern wenden, die sich aufeinander zu und aneinander vorbei bewegten, aufgestachelt von einer Musik, die ihnen die Schrittweise, aber nicht die Richtung zeigte.

Ist das der Club, der dir gestern zu laut war?

Sie runzelte kurz die Stirn: Zu dem hätte ich dich nie geführt. Gegen den ist das hier Erholung pur.

Er lächelte verständnislos: Und hier habt ihr getanzt, du und Katinka.

Sie nickte.

Ich möchte sehen, wie du tanzt. Geh und zeig es mir. Vielleicht verstehe ich dann besser, was da vorgeht. Er hatte bemerkt, wie ihr Körper bereits von den Rhythmen infiziert war.

Willst du nicht mitkommen?

Er schaute sie entgeistert an: Das letzte Mal habe ich mit deiner Mutter getanzt, als man noch miteinander getanzt hat, Foxtrott, Cha-Cha-Cha, ja, lach nur, Walzer und Tango. Wir waren das beste Tango-Paar im ganzen Tanzkurs. Das, was hier geschieht, ist mir fremd.

Sie hatte nicht ganz verstanden oder wollte es nicht verstehen. Ihr Körper verlangte nach etwas anderem.

Geh, sagte er, so laut, dass sie es verstehen musste. Geh, und zeig mir, wie du es machst.

Sie stand auf und ging auf die Tanzenden zu. Ein geschlossener Kreis, der sich öffnete, sobald sie die Arme hob und sich in ihn hineinstürzte. Schon war sie verschwunden, wie aufgelöst. Er stand auf, um sie besser sehen zu können. Ein junger Mann tanzte auf sie zu und folgte ihren Bewegungen. Sie schauten einander kurz an, dann begann er vorzugeben, zeigte ihr eine andere Tanzfigur, der nun sie folgte. Ihre Hüften zuckten, ihre Arme kreuzten sich über ihrem Kopf, ihr Körper begann zu schwingen, sie drehte sich, und ein anderer junger Mann tanzte auf sie zu, sprach sogar mit ihr, und sie antwortete, als würden sie sich kennen, beugte sich zurück, das Gesicht mit geschlossenen Augen voll im Licht, er beugte sich über sie, ganz nahe, so als wolle er sie küssen, was die Rhythmen nicht erlaubten, dann war es plötzlich eine Frau, die um sie kreiste, mit vorgezogener Hand, die sie wieder zurückzog, und mit ihren Hüften im Gegenschritt zu Doris, die immer weiter ausholte und dann wieder im Gemenge verschwand. Doris war im Kreis, und der Kreis bestimmte den Raum, den er ihr ließ.

Ödön war näher gekommen und auf eine der herumstehenden Bierkisten gestiegen, um sie nicht aus den Augen zu verlieren. Was wie eine unkontrollierte Ansammlung von Menschen aussah, entpuppte sich als präzise Schwarmorientierung. Jeder hielt so viel Abstand, wie sein Körper brauchte, um keinen der anderen zu berühren, und nutzte gleichzeitig jeden entstandenen Freiraum, um seine eigenen Bewegungen auszuführen, zu denen andere Abstand hielten.

Doris war wieder in seinen Blick gekommen. Sie strahlte, zuckte nach dieser Seite, dann nach der anderen aus, ohne an jemandem anzustoßen, während Hände, selbstständige Hände bis zu ihrem Gesicht vordrangen und sie höchstens verdeckten, aber nicht anfassten. Schon im nächsten Augenblick wurde Doris neuerdings vom Kreis verschluckt.

Ödön ging wieder zurück und trank sein Glas leer. Der Rhythmus hatte nicht in ihn gefunden, er vibrierte nur leise unter seinen Füßen, ohne in ihn einzudringen. Er gehörte nicht dazu, würde auch nie dazugehören. Es wäre lächerlich, es zu versuchen.

Bis jetzt war es ihm gelungen, Doris in seine Welt hineinzuziehen, ohne dass er viel darüber nachgedacht hatte. Wie lange würde das noch so gehen? Er spürte eine leichte Brise in seinem Rücken und fröstelte ein wenig. Sollte er noch etwas zu trinken holen? Als er aufstand, sah er Doris mit einem der jungen Männer außerhalb des Kreises stehen. Er gestikulierte, als wolle er sie zu etwas überreden. Sie aber schüttelte immer wieder den Kopf. Schließlich küsste er sie auf beide Wangen und verschwand.

Als Doris zurückkam, schien sie etwas verschwitzt und müde zu sein.

Ausgetanzt? Er schob ihr einen Stuhl zu.

Sie setzte sich: Alles raus aus mir, was mich angespannt hat.

Plötzlich fuhr ihr ein Windstoß ins Haar, und sie zuckte vor der Kühle, die er mit sich führte, zusammen.

Ödön stand auf: Lass uns gehen, bevor wir uns noch erkälten.

Wenn er sich zurückerinnerte, war es eine entspannte angenehme Woche gewesen. Sie waren sogar nach Venedig gefahren, an einem Tag, an dem Regen angesagt war, doch gab es bloß Wolken. Sie besuchten das Giotto-Museum, und er bemühte sich, ihr die Schönheit dieser Bilder zu erklären, sie hörte ihm zu, schaute auf die Bilder und nickte.

Dann sagte sie mit einem Mal, dass ihr die Bilder von Vittore Carpaccio dennoch besser gefielen. Sie sei vor Jahren mit ihrem Vater nach Venedig gefahren, da er dort geschäftlich zu tun hatte. Danach sei sie mit ihm ins Museum Correr gegangen und habe dieses Bild mit den beiden Damen und ihren Hündchen, die auf der Terrasse, mit Blick zur Lagune, auf die Heimkehr ihrer Männer von der Jagd warteten, gesehen. Dieses Bild sei nicht nur sehr schön, es habe sie auch tief berührt.

Möchtest du es dir noch einmal anschauen?

Wenn noch Zeit ist, ja.

Es war zu spät. Man wollte sie nicht mehr hereinlassen, da das Museum in 15 Minuten zusperre. Ödön versuchte es mit Trinkgeld, aber die Frau an der Kartenkasse winkte ab und deutete auf die Einlasszeiten.

Es begann doch noch zu regnen.

Warum hast du denn nichts gesagt? Ödön spannte den Schirm auf, den er bis dahin als Gehstock verwendet hatte.

Sie zuckte die Achseln: Du wolltest mir diesen Giotto zeigen, und ich war neugierig.

Doris war im dritten Monat schwanger, als sie sich verlobten. Sozusagen spontan, ohne Feierlichkeiten, und sie wollten heiraten, sobald sie im siebenten Monat in Karenz gehen konnte. Den Ring hatte er seit Jahren im Tresor liegen.

Um der Form Genüge zu tun, hielt Ödön bei den Eltern um ihre Hand an, die hatten das schon irgendwie kommen sehen und luden sie ihrerseits zu einem Verlobungsessen im Familienkreis ein.

Noch war Doris' Schwangerschaft nicht zu bemerken, nur ihr Gesichtsausdruck hatte sich verinnerlicht, so als höre sie ständig in sich hinein, um jede Spur von Wachstum zu registrieren. Sie litt weder an Übelkeit, noch war sie ängstlich. Und sie strahlte immer häufiger, anders als Marjana, die die

Menschen um sich herum angestrahlt hatte. Doris strahlte in sich hinein, voller Hingabe an das, was in ihrem Körper am Entstehen war.

Ödön nahm es ihr insgeheim übel, dass sie kein Wort über eine mögliche Schwangerschaft verloren hatte, so als sei das bloß ihre Sache, und tatsächlich damit gewartet hatte, bis sie den Embryo auf dem Ultraschallscreen hatte sehen können.

Sie habe ihn nicht enttäuschen und womöglich einen Fehlalarm auslösen wollen, erklärte sie ihm. Er habe jetzt immer noch sechs Monate Zeit, sich daran zu gewöhnen und vielleicht auch darüber zu freuen.

Er nahm sie in die Arme. Natürlich freue er sich, wie könne sie auch nur denken, dass er sich nicht freue. Im Gegenteil, er warte, seit er sie kenne, darauf, einmal mit dieser Freude beglückt zu werden. Sie müsse von jetzt an auf sich achtgeben, weniger arbeiten, wenn es nach ihm ginge. Aber da er sie gut genug kenne, um zu wissen, dass sie auf jeden Fall bis zur Karenz arbeiten werde, wolle er sie mit seinen Vorschlägen nicht weiter behelligen. Er werde versuchen, in den kommenden Monaten so viel wie möglich zu arbeiten, um dann mehr Zeit für sie und das Baby zu haben. Er wolle sich diese Anfangszeit keinesfalls entgehen lassen.

Ödön beschloss, einige Wochen am Stück im Nachbarland zu bleiben, um alles aufzuarbeiten, was Angebote, Pläne und Verhandlungen betraf. Vielleicht lag es auch an der Überarbeitung, dass er schlecht schlief und seine Phantasie ihn mit Verdachtsmomenten quälte. War das Kind tatsächlich von ihm gezeugt worden? Das Bild von dem jungen Mann, der Doris auf beide Wangen geküsst hatte, verfolgte ihn. Er trat einen Kampf gegen sich selbst und seine aus dem Ruder laufenden Verdächtigungen an. Die arglose Doris war nicht wie Marjana. Andererseits war Doris eine junge Frau, die seit Jahren immer wieder auf ihn warten musste. Nichts wäre glaubhafter als gelegentliche Affären, wie auch er sie manchmal nicht hatte vermeiden können. War er überhaupt imstande, ein Kind zu zeugen? Und warum hatte Doris gerade zu diesem Zeitpunkt aufgehört, Verhütungsmittel zu nehmen, ohne ihn darauf aufmerksam zu machen?

Noch war er medikamentös geschützt, aber gerade in dieser Anfangsphase vergaß er öfter, das Richtige zur rechten Zeit zu nehmen. Er spürte, dass mit ihm etwas nicht in Ordnung war, wie er langsam aus der Rolle fiel, sich gehen ließ und dadurch dem Zweifel noch heftiger anheimfiel.

Als Doris das Kind verloren hatte, kostete es ihn unendliche Kraft, sich nichts anmerken zu lassen und sie dazu noch zu trösten, wobei er fürchtete, die Vergiftung seiner Gedanken längst auf sie übertragen zu haben und dass sie womöglich deshalb das Kind nicht behalten habe können.

Sein Arzt, der ihn seit Jahren betreute, redete auf ihn ein. Er ließ es über sich ergehen, wollte in keine Klinik mehr, fuhr zurück in sein ehemaliges und nun Arbeitsland und versank in sich selbst.

Diesmal gab es keinen Jenö, der ihn im letzten Moment in jene Klinik hatte bringen lassen. Es war eine jener Frauen, die er seit Längerem kannte, ohne mit ihr geschlafen zu haben, doch ging er öfter mit ihr aus. Sie arbeitete zeitweise für ihn, machte ihn auf Immobilien aufmerksam, die im Lande selbst interessant zu werden versprachen. Sie war es auch, die sich um ihn sorgte, als er sie zum Essen eingeladen hatte, dann aber nicht erschienen war.

Sie kannte das Hotel, in dem er wohnte, und erreichte mit viel Hartnäckigkeit, dass jemand vom Personal mit ihr nach oben ging, um nachzuschauen. Wieder einmal kam die Rettung gerade noch rechtzeitig, und als er nicht mehr in Lebensgefahr war, veranlasste er, doch wieder in seine alte Klinik, in der er damals mehrere Monate behandelt worden war, eingeliefert zu werden.

Den Fortschritten in der medikamentösen Medizin war es zu verdanken, dass sich sein Zustand innerhalb von vier Wochen zumindest gebessert hatte. Man schickte ihn danach wieder in ein Sanatorium zur Erholung mit gleichzeitiger Weiterbetreuung.

Dort hatte Ernö, sein Vater, ihn besucht, diesmal ohne Ella, die war selbst krank.

Menschenskind, was ist in dich gefahren, sagte er, als Ödön ihm in kurzen Sätzen zu erklären versuchte, woran er leide.

Ernö schüttelte leise den Kopf: Aus dir spricht deine Mutter. Der einzige Unterschied ist das Milieu. Deine Mutter und ich waren in einer sehr prekären Situation, du aber kränkelst im Luxus.

Als er aus dem Sanatorium entlassen wurde, fuhr er mit der Frau, die ihn gerettet hatte, auf die Malediven zur endgültigen Entspannung. Danach schien er, wenn auch nicht zur Gänze geheilt, so doch beruflich wieder einsetzbar.

Je besser es ihm ging, desto öfter empfand er den Verlust von Doris. Die Scham über den Brief, den er ihr, nachdem sie das Kind verloren hatte, schrieb, war so groß, dass sie ihn jahrelang, außer bei Marjanas Begräbnis, an dem er beinahe rückfällig geworden wäre, an jeder Art von Kontaktaufnahme hinderte. Andererseits wurde er in der Einschätzung seiner Rolle immer selbstbewusster. Er fing an zu glauben, sie sei sein Geschöpf. Er habe sie geformt, ihre Entwicklung zu einem anderen Menschen, als Marjana einer gewesen war, bewirkt. Eines Tages würde sie das verstehen und ihm dafür danken, was er aus ihr gemacht habe.

Noch war nicht aller Tage Abend, noch würde

er es schaffen, sie auf ihn zurückzubeziehen. Er musste eine Möglichkeit finden, sie zu sehen, sie sich langsam erneut zuzueignen. Ohne Hektik, ohne sie zu bedrängen, ohne sie unter Druck zu setzen, bis sie erkannte, wie lebenswichtig sie füreinander waren. Er hatte sie verlassen, also war es an ihm, sie an sich heranzuführen. Um dann, wenn sie wirklich wieder an ihn glaubte, *das Kind* zu zeugen, das tatsächlich aus ihm und ihr entstehen würde.

Es ging ja aufwärts mit ihm. Geschäftlich besser als je zuvor, das war keine Herausforderung mehr. Als Herausforderung sah er, ihr Vertrauen aufs Neue zu gewinnen und sie für immer an ihn zu binden.

Bis der Tod uns scheidet!, sagte er mehrmals laut vor sich hin.

Vielleicht würde es ihnen sogar gelingen, sich auch vom Tod nicht scheiden zu lassen, sondern ihm in unverbrüchlicher Gemeinsamkeit entgegenzutreten, wenn es so weit war.

INHALT

DORIS

ÖDÖN